나는 당신과 가까운 곳에 있습니다

# 나는 당신과
# 가까운 곳에 _____ 있습니다

김종관 지음

arte

# 차례

## 프롤로그

이 책은 2012년 출간했던 나의 첫 책 『사라지고 있습니까』의 개정증보판이다. 1부에서 4부까지 이어지는 글들은 『사라지고 있습니까』에 담겼던 대략 십 년 전에 쓴 글들이다. 십 년 전의 내 상태에서 그 전의 기억과 감정을 이야기했다. 십 년 동안 조금은 바뀐 것들이 있다. 계절은 매번 같은 얼굴로 찾아오지만 거리와 사람들 몇은 사라지고 모습을 달리하기도 했다. 내가 살고 있는 거리도 바뀌었다. 십여 년 전까지 난 이문동에 살고 있었다. 지금은 효자동에 살고 있다. 살고 있는 동네의 분위기가 사뭇 다르다. 사소한 변화는 5부에 담아 놓았다.

창작이 정체된다고 느꼈던 시기, 이 책에 담긴 글들을 썼다. 글을 쓰는 내내 스산한 기분이 들었지만 나의 지난 기억들을 모았다. 그 기억은 이후 나도 모르는 사이 나의 창작에 배어들어 이곳저곳에 남아 있게 되었다.

새 책을 내며 다시금 옛글을 들춰보자니
십 년 사이 이문동의 기억은 더 먼 기억이 되어
빛바랜 사진처럼 아득하게 아프다.

2019년 9월, 김종관

1부

# 가까운 산책

## ─10년 전

그대와 나,
머지않아 조금 더 나이 먹고 조금 더 늙어 있겠죠?

## 목련

봄꽃 가운데 마음을 움직이는 꽃은 목련이다.

지는 벚꽃은 화려하지만 지는 목련에는 좀 더 단순한 슬픔이 있다. 떨어지는 꽃의 무거운 중량감 때문일 것이다. 무거운 꽃송이가, 단두대 위에서 잘리는 무엇같이 툭, 하고 떨어진다. 흙먼지에 쉽게 더러워지고 뭉개지는 꽃잎을 보는 일은 자못 서늘하기까지 하다. 처음 목련의 매력을 느낀 때는 꽃을 피우는 모습이 아니라, 이렇게 툭, 하고 떨어지고 뭉개지는 꽃잎을 보고 난 이후였다. 그다음 해에야 꽃을 피우는 목련에서 아름다움을 발견했다.

한 동네에 몇 년 살다 보니 어느 집에 목련이 있는지도 알게된다. '정마트' 근처 오래된 빌라에 한 그루, 인도식 카레집으로 나가는 작은 골목에 한 그루, 그러다 내가 좋아하는 장소도 생긴다. 매해 그곳에 서서 때로는 혼자, 때로는 누군가와 함께 목련을 보았다. 몽우리를 맺은 목련이 오늘은 얼마나 폈는지 보기 위해 이문동의 좁은 골목, 낡은 한옥 사이의 작은 계단에 선다. 계단 옆 화단에서 피어난 목련나무 줄기는 오래된 한옥의 지붕을 향하지만, 매번 닿지는 못하고 가던 길 중간에서 꽃이 핀다.

목련이 질 즈음에도 봄은 떠나지 않는다.
꽃들이 많이도 피고 진 사이, 나도 이 골목을 떠나지 않았다.

# 틈

새벽녘 집 앞에서 족제비와 마주친 적이 있다. 자세를 낮추고 긴 허리를 기민하게 움직이던 녀석. 사진을 찍고 싶어 다가갔더니 하수구 구멍으로 재빨리 사라져버렸다. 도시에서 족제비와 마주칠 수 있을까? 검색창에 질문을 던지니 종종 있는 일이라는 답변이 돌아온다. 설치류 등을 잡아먹고 주택가로 들어와 음식물 쓰레기를 먹기도 한다는 자료들을 훑으며, 섬광처럼 사라진 그 순간을 다시 떠올렸다.

어느 날엔가는 한밤 이문동 골목길의 쓰레기 수거함 옆에 하안색 토끼가 쪼그려 있는 광경을 보았다. 토끼야 가끔 본 적이 있었지만 아니, 이문동 골목길에 토끼라는 건…… 지나가던 아주머니도 나와 같이 걸음을 멈췄다. 토끼의 출처를 서로 궁금해하며 아마도 누구에겐가 버려졌으리라 추측했다. 우리는 토끼 앞에 토끼처럼 쪼그려 앉았다. 길고양이나 족제비에게 봉변을 당할 수도 있으니 그냥 두고 갈 수는 없는 일이었다. 나는 집이 좁고 동생 눈치가 보인다고 했다. 아주머니도 집이 좁고 남편 눈치가 보인다고 했다. 나는 은근하고 합리적인 방법으로 설득했고, 결국은 아주머니가 박스를 구해 와 토끼를 넣고 연립 주택 안으로 품고 들어갔다.

네다섯 살 때까지만 해도 집 앞 골목을 거의 벗어나지 않았다. 그때 난 골목의 양쪽 끝 너머에 어떤 세상이 있는지 몰랐다. 자주 꾸던 꿈 두 가지. 하나는 내가 그 골목 밖으로 나서려 할 때마다 나타나는 괴물에 관한 것이었다. 진흙으로 만들어진 듯한 거대한 머리만 달린 괴물이, 마치 골목의 관문을 지키고 있는 것처럼 머리만으로 골목을 꽉 채우고 있었다. 비집고 나갈 틈이라곤 없었다. 그리고 물고기의 아가미처럼 계속 벙긋거리던 괴물의 그 입. 당시 세상에서 제일 무서운 꿈이었다. 또

다른 꿈은, 바로 그 골목에 꽃이 피고 수풀이 우거지는 장면들이 펼쳐지는 꿈이었다. 지금 생각해보면 숲이나 대자연보다는 정원에 가까운 느낌인데, 보도블록 틈으로 꽃들이 피어나고 시멘트 벽에서도, 낡은 철문에서도 꽃들은 피어올랐다. 이름 모를 꽃들로 가득한 골목. 그 꿈을 꾸고 나면 무척 즐거웠다.

철근과 시멘트로 만들어진 도시를 고향으로 갖게 된 나는, 더는 시멘트에서 꽃이 피어나는 꿈을 꾸지 않는다. 하지만 도시가 어떤 자연의 힘에 침범당하는 순간, 그 틈에 들어오는 빛들을 여전히 좋아한다.

## 고양이

모두가 있는 곳이다. 그러다 모두가 사라진다.

추석이 되고 길을 나오면 나는 인류의 마지막 생존자가 된 것처럼 빈 거리를 서성거린다.

깔끔히 치워진 거리는 바람만 지나는 소도시의 풍경이 된다.

해의 기울기가 바뀌고 새벽이 하루의 길이를 가지는 듯하다.

모두가 살아가지만 이 도시가 그들 모두의 집이 아니었음을 알게 된다. 사람들은 비싼 땅에 뿌리를 박기 위해 아우성대다 그 집들을 버린다.

며칠간 그 집들은 빈집이 된다. 들르던 식당도 들르던 카페도 텅 빈 집이 된다. 비워내고 얼굴을 바꾼 거리를 걷다 보면 나에게도 이 공간은 더는 집이 아니다.

나는 실체가 아닌 유령이 되어 빈 거리를 떠돈다.
길을 걷다 고양이와 눈을 마주친다.
고양이는 유령을 본다 했던가?

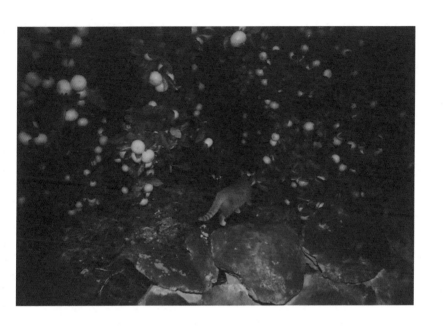

# 글로벌

난 이문동에 십여 년간 살았다. 그 짧은 시간 동안에도 이 동네는 많은 것들이 부지런히 바뀌어갔다. 정감 어렸던 외대 건널목도 모양을 바꾸었다. 이문동에 자리한 외대는 좁은 캠퍼스에 어떻게든 높은 건물을 세우는 게 학교 최대의 목표인 듯, 십 년 내내 공사 중이었다. 백만 년이 지나야 겨우 세월의 운치나마 느껴질 재미없는 건물들일뿐이라고 생각하지만. 그 십 년 동안 저 학교를 다닌 학생들은 모두 입학해서 졸업할 때까지 공사장 소음과 함께 캠퍼스 생활을 했을 터, 소음은 심신

불안정의 요인으로 평생 따라다닐지도 모른다. 그러한 변화와 함께 언젠가부터 외국 유학생들도 동네에 넘실거리기 시작했다. 러시아인, 중국인, 일본인, 프랑스인, 카자흐스탄인, 폴란드인. 다국적 청춘들이 이 평범하고 가난한 동네로 흘러들었다.

이문동은 예전에 연탄 공장이 많아 빨래를 널 수 없는 동네였다고 한다. 새로운 것들이 들어차는 중에도 그 황량한 기운은 여전히 남아 있다. 피곤하고 황량한 동네지만 외대와 역전 건널목을 제외한 다른 구역은 달라지는 세월을 그리 선뜻 따라가지 않았다. 다행스럽게도. 가난의 정감이 골목마다 붙어 있는 가난한 동네의 가난한 월세방에는, 거주인과 학생들, 그리고 외국인 유학생이 어울려 살았다. 유학생이 많아 주택가 골목 안에도 편의점이 있는데, 해질녘이 되면 편의점 파라솔 밑으로 유학생들이 모여들고 타국의 언어가 골목을 메운다. 길고 긴 한국의 연휴가 시작되면 타국의 유학생들이 이 거리의 주인이 되었다. 그들은 고양이들이 지켜보는 유령이 되어, 사람들이 빠져나간 빈 동네를 서성거렸다.

## 가까운 곳에

수신이 되지 않는 전화, 하지만 공중전화는 자신의 번호를 가지고 있다.

어느 새벽, 낯선 번호가 휴대폰에 남겨진 날이었다.
모르는 번호지만 그 번호를 가진 전화가 그리 멀지 않은 곳에 있음을 알았고, 신호음 너머의 목소리를 듣지는 못했어도 전화를 건 이가 누구인지는 짐작이 되었다. 잠이 오지 않았다. 새벽의 밤거리를 나와서 동네 공중전화 부스를 찾아 번호를 확

인했다. 역시 휴대폰에 남겨진 번호와 멀지 않은 곳의 번호들이었지만 같지는 않았다.

큰길을 내려와 외대 캠퍼스로 들어가, 줄지어 있는 공중전화 부스 앞에 섰다. 몇 대의 공중전화 부스 사이에 발신번호를 지닌 부스가 있었고, 그 안에는 아무도 없었다. 난 그 조그마한 박스 안에 서서 내부를 살폈다. 그리고 부스에서 내다보이는 풍경들을 살폈다. 방금 전까지 없었던 새벽의 빛이 있었고, 술 취한 연인들이 웃으며 지나갔다.

공중전화 부스는 세월의 유행을 비껴 그 자리에 오랫동안 존재했다. 고국이 그리운 유학생들을 위한 것이었을까. 산책하다가 그 부스 안에 들어가본 적이 있었는데, 옆 칸에서는 중국에서 온 듯한 여학생이 낮은 목소리로 통화를 하고 있었다. 내용은 알 수 없었지만 그리움이 묻어났다.

그리고 또 몇 년 사이.
유학생들은 더 늘었고, 줄지어 있던 그 전화 부스들은 이제 없다.
그 자리엔 벤치와 화단만이 남았다.

## 로드무비

십여 년 전 대학에서 영화를 전공하는 학생이던 때, 한강에서
과제 촬영을 위해 사진을 찍고 있었다. 연신 미놀타 카메라의
셔터를 누르고 있는데, 한 아저씨가 느닷없이 다가와 사진을
잘 찍느냐고 물으며 제안을 했다. 욕실과 화장실을 리모델링
해주는 일을 하고 있는데, 그 욕실들을 사진으로 찍어 홈페이
지에 올리고 싶고 내게 그 일을 맡기겠다는 것이었다. 우리는
적정한 계약을 마쳤고, 아저씨는 리모델링한 집들마다 전화를
돌려 사진을 찍으러 가겠다고 말했다. 그리고 우리는 그 집들

을 찾아다니며 다양한 공간의 변기를 사진으로 담았다.

나는 서먹하게 남의 주거 공간에 들어가 욕실 문을 열었다. 물론 집주인들도 어색해했다. 아저씨는 사진을 찍기 전 항상 변기 위에 꽃을 놓아두거나 꽃잎을 변기 안에 떨어뜨리고 물감을 풀곤 했고, 나는 정성스러운 자세로 그 변기를 프레임에 담았다. 목동에서 역삼동으로, 그리고 다시 상봉동으로, 아저씨와 나는 로드무비 주인공처럼 도시를 활보했다. 그때만큼 화장실을 아름답게 보기 위해 노력했던 적이 없다.

살다 보면 가끔씩 이렇게 예상치 못한 돈벌이가 생기곤 한다. 로드무비를 찍어서 버는 돈과 화장실을 촬영해 버는 돈은 과연 어떻게 다를까?

## 등

노숙 차림을 한 남자가 조용한 밤거리를 전력 질주했다. 마치 누군가를 쫓는 양 빠른 속도로 달려갔다. 훌륭한 스프린터처럼 발끝에 탄력이 있었다. 그러다가 쫓던 대상이 사라졌는지, 갑자기 속도를 죽이고는 옆 벤치에 앉아 신문을 읽기 시작한다. 그의 황당한 퍼포먼스를 보고는 몇 년 전 스친 어떤 남자가 떠올랐다.

번잡한 종로 금은방 거리에서 한 여자가 비명을 질렀다. 이내 다른 여자의 비명도 들렸다. 등을 모두 가릴 만큼 큰 배낭을 어깨에 멘, 덩치 작은 노인이 주변 사람들을 거칠게 밀치며 빠른 속도로 인도를 지나갔다. 그는 이 폭력적인 행동을 집집마다 신문을 돌리는 양 빠른 속도로 해내고 있었다. 노인이 아이나 여자의 어깨를 계속 치면서 달려가는 동안 사람들은 모두 비명을 질렀지만, 워낙 순식간이어서였는지 앞만 보며 달리듯 걷는 그 노인을 쫓는 사람은 없었다. 하지만 나는 그 남자가 궁금했고, 그래서 그를 쫓았다.

노인은 파고다 공원의 샛길로 접어들었다. 그리고 홍합탕과 전 등을 파는 포장마차 골목을 지나 막다른 골목에 섰다. 파고

다 공원의 옛날식 벽돌로 된 벽이 그를 가로막았다. 그가 등을 돌릴 것 같아, 쫓아가던 나도 자리에서 멈췄다. 나도 모르게 뒷걸음질을 쳤다. 그런데 그는 그 자리에 그대로 있었다. 바로 뒤를 돌아볼 것 같았지만, 그 자리에서 움직이지 않았다. 목적지가 있는 사람인 양 위장하던 그의 빠른 걸음이 멎고 막다른 골목에서 전혀 움직이지 않았다.

노인의 몸은 그대로 작동이 멈춰버린 것 같았다.

## 시부야

나도 누군가를 쫓은 적이 있다. 시부야에서의 일이다. 패스트
푸드점에서 커피를 사려고 기다리다가 창밖으로 지나가는 익
숙한 얼굴을 얼핏 보았다. 여행 중이라 가방이 무거웠지만, 재
빠르게 달려 나와 얼핏 본 그 누군가의 행방을 쫓았다. 사람들
어깨를 치지는 않았다. 결국 그에게 달려갔을 때 내가 아는 사
람이 아님을 알았다. 애초에 시부야에는 절대 있을 리 없는 사
람이었다.

나는 아직도 가능성 없는 어느 곳에서 문득 아는 사람을 보았
다 착각한다.

그리고 아직도 누군가를 쫓는다.

그림자

어느 날 밤, R이 다쳤다는 연락이 왔다.

병원에 갔지만 만날 수는 없었다. 병실 창문 너머로 호스를 입에 물고 생사와 싸우는 그녀를 보았을 뿐이다. 다행히 의식은 돌아왔지만, 목뼈가 부러져 수술을 해야 하는 위험한 상황이었다.

그녀는 사고 당시의 몇 분간을 기억하지 못했다. 집으로 돌아가던 길에 택시에 부딪혀 튕겨나갔고, 그 전후의 기억을 잃어버린 것이다. 사고에 의한 쇼크로, 흔한 경우라 했다. 택시 운전사는 R이 합정역 8차선 대로에서 무단횡단을 했다고 주장했고, R은 기억이 지워졌지만 병실에 누워 힘겹게 그 상황들을 부정했다. 난 그녀를 믿었다. 하지만 목격자도 없고, 경찰은 게을렀다. 사건 현장 주위에 CCTV가 있었을 텐데, 놓치고 있는 증거들이 안타까웠다.

나는 택시 운전사가 사고 지점이라고 말했던 곳에 직접 가봤다. 새벽에 이 넓은 대로를 아무 이유도 없이 건넌다는 게 납득이 되지 않았다. 그녀는 집으로 돌아가고 있었는데, 집과도 방향이 맞지 않았다. 여러 정황상 택시 운전사가 거짓말을 하고 있다고 생각했지만, 그의 진술이 틀리다는 증거가 없었다.

그 근처 건물들을 모두 뒤졌다. 사고 지점에는 CCTV가 없었지만, 주변의 CCTV가 있는 건물을 꼼꼼히 뒤져보고 목격자를 찾았다. 이미 사건으로부터 한 주가 지나서 CCTV의 영상도 다 지워졌다고 하지만, 다행히 큰 빌딩 앞에 설치된 CCTV의 영상 하나가 남아 있음을 알았고 어렵게 경비를 설득해 사건

추정 시간의 영상을 볼 수 있었다. 그녀가 사건이 일어난 시간에 이곳을 지났다면, 택시 운전사가 주장하는 8차선 대로와는 조금 멀리 떨어진 곳을 지나는 셈이 되므로, 나는 화면 안에 그녀가 나타나 그곳을 지나길 바랐다.

사람들이 어두운 그림자 형태로 그곳을 지나고 있었다. 형태와 윤곽만으로 그녀를 알아볼 수 있을까. 보도에 가끔 헤드라이트 불빛이 들어오고 검은 사람들과 검은 개가 스쳐갔다. 어두운 밤이었고 화질도 좋지 않아 분간이 어려웠지만, 여자인지 남자인지 키가 큰지 작은지 정도는 알 수 있었다. 사람들의 걸음걸이를 유심히 살폈다. 나는 그녀의 걸음걸이를 알기 때문이다. 사고가 일어났던 시간이 가까워졌을 때, 그녀를 닮은 걸음걸이를 보았다. 경비에게 화면을 멈춰달라고 했다. 되돌리기를 해서 몇 번이나 확인했다. 화면 속 그 여자가 R이라면, 그녀는 이 길을 지나 바로 합정역 부근의 작은 골목에서 나오는 그 택시와 부딪혔을지도 모른다. 그렇다면 택시 운전사의 증언이 틀린 셈이다. 그녀는 8차선 도로를 무단 횡단한 것이 아니라 저 안전한 보도를 지나고 몇 분 후, 어딘가에서 사고를 당하게 되는 것이다.

R일지도 모를 화면 속 여자를 계속 관찰한다. 나는 그녀의 걸음걸이가 항상 외롭다고 생각했다. 그 걸음과 어깨가 불만이었다. 안아주고 싶기도 했지만 밉기도 했다. 자책이기도 했다. 내가 만들어준 걸음 같았다. 그녀가 행복하길 바랐지만, 우리의 오랜 연애의 끝에 내가 그 행복을 줄 수 없다는 것도 알았다. 외로운 검은 어깨가 보도를 다 건넜다. 조악한 화면을 한 번, 또 한 번, 돌려보면서 그 어깨와 그 걸음이 그녀일까를 생각했다. 그녀일 수도 아닐 수도 있었다. 자책으로 온몸이 울렁거렸다. 흐릿하게 스쳐가는 발걸음이 가슴을 짓눌렀다. 울지 않으려 했다. 그녀인지 아닌지는 끝내 판단 내릴 수 없었다. 난 그녀의 발걸음을 보았지만 결국 사람들을 설득할 수는 없을 것이다.

## 죄책감

개근상을 받아본 적이 없다. 나는 어린 시절부터 무척 게을렀기 때문에 숙제도 자주 걸렀고 지각도 밥 먹듯 했다. 하지만 벌 받는 것은 또 싫어해서, 숙제가 많거나 지각하는 날에는 아예 학교에 가지 않았다. 지각해서 혼자 그 텅 빈 교정으로 들어가는 기분을 좋아하지 않았기 때문에, 저 멀리 교문이 보이면 다른 길로 향하던 기억이 난다.

등교를 포기할 때면 동네 야산에 올랐다. 야산의 바위 턱에 앉아 있으면 내가 다니는 학교 운동장이 보였다. 우리 반 아이들이 체육 시간이 되어 운동장에 무리 지어 나와 있거나 체조를 하는 모습을 내려다보며 잠시 죄책감을 느끼고는, 이내 바위 위에서 따스한 봄볕을 쬐거나, 지나는 이름 모를 철새들이 내 옆에서 쉬는 모습을 구경하고는 했다. 길에서 주운 천 다발과 삽자루를 들고 개나리 숲에 들어가 나만의 집을 만들어보기도 했다. 다람쥐를 잡겠다고 말도 안 되는 다람쥐 함정을 파기도 했는데, 다음 날 와보면 내가 파놓은 함정에 누군가 똥을 누고 간 자리를 보기도 했다.

나름 혼자 놀기의 달인이던 시절, 친구들이 있기는 했지만 절대 집에 데려가지는 않았다. 또래 학교 친구들과 비교했을 때 우리 집은 가난했고 공중변소를 쓰는 산동네 판잣집에 살았다. 내가 사는 집을 누구에게도 보여주고 싶지 않았다. 난 가난에 대한 콤플렉스가 유독 심해서 학교에선 그다지 말수가 없었고 친구도 가려 사귀었다. 그래도 귀여운 축에 끼는 외모로 인기가 좀 있어서, 초등학교 시절 동급생 여자아이들 중 몇몇은 나를 좋아했다. 개중 유독 적극적인 아이가 있었다. 예쁘장했지만 키가 나보다 컸기 때문에 그 아이에게 시큰둥했다.

어느 날 하교 후 우리 집 문을 열쇠로 열고 있는데 뒤에서 낯익은 목소리가 들렸다. 키 큰 그 여학생이 웃고 있었다. 날 쫓아왔다며, 너희 집 정말 멀다고 이마의 땀을 닦으며 그 아이는 해맑게 웃었다. 난 너무 부끄러웠고 부끄러움은 순간 분노가 되었다. 가방을 던지는 동시에 여자아이에게 달려들었고, 가슴팍을 발로 차버렸다. 그 아이는 그 자리에서 뒤로 나자빠지며 놀란 표정을 짓더니 곧이어 울음을 터뜨렸다. 그렇게 울면서 좁은 돌계단을 다시 내려갔다.

우리는 그 이후 학년이 바뀌기까지 다시는 이야기를 나누지 않았다. 고등학교 땐가 그녀를 길에서 마주친 기억이 난다. 나보다 키가 작아졌고 더 예뻐졌고, 차분한 분위기였다. 아직도 어린 시절의 어떤 기억을 떠올리면 몸서리치게 미안한 순간이 있다.

죄책감의 시간은 은근히 오래간다.

## 하숙집

고등학교 시절 주말이나 방학이 되면 가업을 돕기 위해 속옷을 팔았다.

아버지는 평생 여러 종류의 장사를 해왔는데, 그중 지방에 차린 속옷가게가 그럭저럭 매출이 좋아 가난을 면할 희망이 되었다. 고등학교 때의 어느 겨울방학에도 나는 가게가 있는 지방 도시로 내려가 장사를 도와야 했다. 방학을 혼자 보내기는 싫어, 친한 친구와 같이 충남 서산에 내려가 하숙을 하며 속옷과 함께 방학을 보냈다. 서산의 낯선 시내도 하숙집도 이내 지루해지고, 보기만 해도 설레던 브래지어와 팬티도 아무런 감흥을 주지 못할 무렵의 어느 날, 친구는 하숙집 방에서 여자 팬티를 입어 보였다. 덩달아 나도 입어보았다. 우리는 여자 팬티를 입은 서로를 보며 낄낄거렸다. 여자 팬티는 확실히 다른 구석이 있었다. 착용감이 썩 좋지는 않았지만, 우리는 희희덕거리며 지루한 방학에 그렇게 추억 하나를 보탰다.

## 모르는 여자

가끔 꿈속에 모르는 여자들이 나오곤 한다.

가령 그런 꿈을 꾼 적이 있다. 원치 않는 결혼을 하게 되어 내
내 괴로워하다가 결혼식 하루 전날 마침내 광분해 야구방망이
로 내 집을 다 때려 부수었다. 신부가 참으로 마음에 들지 않
았던 것 같다.

또 어느 꿈속에서는 짙은 화장으로 얼굴을 알 수 없는 여자와

내가 얼굴을 부비며 같이 울고 있었다. 손톱으로 그녀의 화장을 반쯤 벗겼을 때 꿈에서 깨어났다. 창밖을 보니 눈이 분가루처럼 날리고 있었다.

그리고 또 어느 꿈속에서는······.

## 좋은 표현

관료적인 사고에 낭만이 덧붙는 것은 무서운 일이다.
수학여행 온 듯 매우 귀찮은 얼굴로 올레길을 걷는 여러 중고
등학생 무리를 보았을 때 그런 생각이 들었다. 때때로 그들과
합류해 걷는 기분이 들었을 때 같이 우울해지곤 했지만.

숨이 좀 차고 언덕을 지나 좋은 바다가 보일 때
옆으로 지나던 중학교 남학생 무리 중 한 아이가 말했다.

"아. 존나 바다다."

온 마음을 모아 *끄덕끄덕*.

## 마이클과 카레와 숲길

마이클은 땀내를 풍기며 들어왔다.

그는 리처드 기어처럼 인자함이 담긴 작은 눈으로 내게 반갑게 웃어 보였고 우리는 악수를 했다. 네 칸짜리 침대가 있는 게스트 하우스에서 우리는 서로 마주 보는 위치에 있는 사이였다. 마이클은 자신이 스위스의 코를, 그리고 한국의 눈을 가졌다고 했다. 은행에서 일하고 있는 그는 암으로 돌아가신 엄마의 고향을 알고 싶어 한국을 찾았고 친척들을 만났다고도 했다. 그렇게 두어 시간 동안 자신의 인생과 여행을 이야기했는데, 난 영어를 못하지만 친밀한 기분으로 그의 이야기를 들었다. 그는 가볍고 유쾌한 성품을 지니고 있는 듯했고, 간단한 단어들이 오가는 이야기에는 강인한 긍정과 연약한 슬픔이 함께 있었다. 그는 한국인의 눈과 코를 가진 내게 많은 이야기를 했다. 아마도 깊은 이해의 눈빛을 보내던 나와 속 깊은 이야기들을 많이 공유했다고 생각했겠지만, 사실 나는 30을 들으며 80을 알아듣는 표정을 지었을 뿐이다. 그래도 그에 대한 인상은 우리가 공유하기에 충분한 것들이었다.

그의 얘기를 들은 뒤 나 또한 친구에게 내 이야기를 해보고 싶었지만, 그는 단 5초 만에 세상에서 가장 행복한 표정으로 잠들어 있었다. 다음 날 늦잠을 잔 우리는 부산스럽게 일어났다. 외국인을 위한 투어버스에 오르기로 한 마이클은 세수도 못하고 게스트 하우스에서 달려 나갔고, 우리는 서로의 행운을 빌어줄 시간도 갖지 못했다. 나는 다시 지도를 펼치고 오늘 산책할 올레길과 버스 노선을 알아보았다.

한 시간 후 나는 어느 작은 숲길에 있었다.
깊은 그림자가 드리운 숲 안에서 잘게 부서져 들어오는 햇살

들을 보고 있었다. 새들이 초현실적인 대화를 이어가고, 나는 거기서도 알아듣고 있다는 표정을 짓는다. 올레길을 걷다 보면 느끼게 된다. 눈뿐만 아니라 귀도 열어두어야 한다는 것을. 새와 작은 벌레와 저 멀리 바다에서부터 시작된 바람과, 바람에 부딪히는 돌과 바람이 스치는 나무와 숲, 나의 숨소리, 그리고 가끔 내 아이폰에서 흘러나오는 카카오톡 알림음.

누군가의 산책로였을지도 모를 그 길을 따라가며, 야트막한 언덕을, 작은 비밀의 숲길을, 작은 마을길을 지난다. 오름을 오르고 땀이 차면 풍경이 보이고 잠시 나를 멈춘다. 그리고 언덕에 앉아 아침에 슈퍼에서 산 단팥 크림빵을 하나 꺼내어 먹는다. 바람에 식은 땀 때문에 잠시 소름이 돋고 다시 일어나 엉덩이를 턴다.

제주도에는 사실 올레길 외에도 수많은 길이 있고, 그 길만큼, 그 길을 지난 사람들만큼 서로 다른 추억과 사연들이 있다. 계절마다 날씨마다 다른 옷을 입고 기다리는 그 길들은 닮은 듯 닮지 않은 길이다. 그 많은 길들 중 하나인 올레길은, 길의 시작과 끝이 있지만 길을 걷는 목적은 그 끝에 있지 않다. 빨리 걸어도 좋고 천천히 걸어도 좋고, 쉬어도 좋고 뒤를 돌아봐도 좋다. 걸음이 멈추는 끝은 마을의 그루나무이거나, 작은 포구이거나, 해 질 녘의 텅 빈 해수욕장이곤 했다. 끝은 다음으로 이어진다. 그 끝에 선 기분은 마치, 보신각의 종이 울리며 새해가 되는 순간과 닮았다. 잠시 시간이 멈출 것만 같은 그 순간에도 초침은 조금의 멈칫거림도 없이 무심히 움직일 뿐이니.

하나의 길을 끝내고 하루의 여정을 마무리 짓고 나는 다시 버스에 올랐다. 서귀포에 들러 맛있는 일본식 우동집을 찾아내 카레우동을 먹고, 보목동 근처 새로 예약한 게스트 하우스로 가기 위해 아직 해가 남아 있을 때 택시에 올랐다. 택시 아저씨는 보목동이 제주도에서 봄이 가장 빨리 오는 곳이라고 했다. 의자에 기대어 어제의 도시를 잠시 잊고 마이클과 카레와 숲길과 바다를 잠시 생각했다. 차안에서 앰브로시아의 〈Holding on to Yesterday〉가 흘러나왔다. 택시에서 내렸을 때 보목동은 이미 어둠에 잠겨 있었다.

2부

베를린
천사의 시

나는 저 멀리 밤바다로 떠밀려 왔고
다시 저 멀리 내가 떠나온 마을의 불빛들이 보인다.

# 마다가스카르

마다가스카르로 가겠냐며, 당장 결정을 해달라고 했다.

건대 근처 어느 치킨 집 처마 밑에서 전화를 받은 건 오후 4시
쯤. 비를 피해 누군가를 기다리는 중이었다. 휴대폰 너머 들리
는 낯선 목소리는 내게 두 시간의 여유를 주었다.

건대 앞 치킨 집 밑에서 비를 피하고 있는 내가 아프리카라니.

전화를 건 이는 TV 여행 다큐멘터리 프로그램의 피디였는데,
일주일 후에 바로 출발해야 한다는 조건이었다. 바쁘 흘러가

는 상황을 보니 분명 내가 누군가의 빈자리를 메우는 대타인 듯했지만, 대타이든 뭐든 가고 싶다는 강렬한 욕구가 일었다. 내 몸 어느 구석에도 찾아볼 수 없던 모험의 피가 갑자기 온몸을 감돌았다. 알지도 못하는 그곳이 내 근심들의 탈출구가 될 것만 같았다. 그래서 두 시간을 신중히 생각해본 끝에…… 결국 갈 수 없겠다는 결론. 마다가스카르를 향한 열정에 턱도 없이 모자라는 매우 귀찮은 일들, 내 인생의 마다가스카르에 견주어 손톱만큼의 비중도 차지하지 못할 일들, 그러나 지나칠 수는 없는 그 일들 때문에 나는 마다가스카르의 기회를 미루어두었다. 사실 마다가스카르를 포기하게 한 일들이란 민방위 훈련만큼이나 대수롭지 않고, 매우 귀찮은 의무 같은 것들이었다.

못 가겠다고 통보한 뒤 집에 돌아와 마다가스카르를 검색해보았다. 애니메이션 〈마다가스카〉의 정보를 지나 바오밥나무가 있는 아프리카 동쪽 섬의 이미지가 몇 개 나왔을 뿐, 마다가스카르를 다녀온 사람이 별로 없는지 친절한 블로그 씨도 정보를 잘 알려주지 않았다. 그러다 얼마 지나지 않아 어느 뮤지션이 마다가스카르를 여행하는 TV 프로그램을 볼 수 있었고, 내

근심의 탈출구가 되었을지도 모를 그곳의 풍경에 빠져들었다.

아마도 이런 거겠지.

대수롭지 않은 작은 일들이 가고 싶은 곳을 만들고, 그 가고 싶던 곳은 이상향으로 살이 붙는다. 서른두 살의 늦은 봄에 만날 뻔했던 그 공간은 그런 식으로 나와 인연이 된 것이다.

건대 앞 치킨 집 처마 밑에서 빗방울이 떨어지는 바닥의 패인 홈을 내려다보며 피로와 슬픔의 한 덩어리가 턱 밑까지 차올랐다고 느꼈을 때, 나는 주변의 모든 관계를 정리하고 싶어 출발 자세를 하고 있었고, 관계에 서툰 청춘에 지쳐 있었다. 그 시간 위에서 마다가스카르행이라는 잠시의 상상만으로도 위로가 되었다. 지나고 나서 생각해보니 당시의 고단함을 이겼던 힘은, 가지지 못한 그 위로가 아니었을까 싶다. 가지지 못한 위로야말로 때로는 내가 가질 수 있는 가장 큰 희망으로 둔갑하곤 하니까.

## 여름

몇 달간 의욕적으로 카페 곳곳을 탐험하던 노을이는 금세 의욕이 시들었는지 잠이 늘었다. 한 살배기 고양이의 호기심은 급격히 줄어버렸고, 대신 다른 고양이들이 으레 그러하듯 조그만 바구니에 몸을 구겨 넣고 잠을 청한다.

카페 '여름'의 사장님이 내 옆으로 다가온다.
홍대 커피프린스 골목 안의 한 건물 3층에 자리한 이 카페는 내게는 꽤나 아늑한 공간이라, 혼자서도 슬쩍 쉬었다 갈 수 있다. 거기엔 십 년 지기 친구인 젊은 사장님이 있고, 십 년째 듣고 있는 그의 엄살도 있다. 그는 매번 인생 최악의 고비를 넘기고 있는 양 귀엽게 엄살을 떨고, 우리는 조금 티격태격하다가 이내 웃는다.

카페 안, 좌식 테이블이 있는 곳 벽면에는 창틀 모양으로 꾸며진 모니터가 있다. 항상 생의 아슬아슬한 경계에서 씨름하는 동물들이 등장하는 자연 다큐멘터리가 상영되고 있다. 흘러나오는 음악은 손님들이 신청했던 곡들을 모아 랜덤 방식으로 들려주는 것인데, 손님들 취향이 좋아서인지 괜찮은 음악들이 자주 들린다.

정겹게 자리를 지키며 멋스럽게 고여 있는 카페 사장님은 엄살의 끝을 여행에 대한 이야기로 이어나갔다. 어디로 떠나야 할까? 어디로 떠나야 마음의 안식이 있을지 궁금해하던 그는 갑자기 라오스 이야기를 꺼냈다. 그러고는 책을 하나 꺼내 왔다.

『욕망이 멈추는 곳, 라오스』라니…… 아마도 내가 라오스에 가는 일은 당분간 없겠다.

## 뺨을 맞다

아버지는 커다란 가방에 다양한 수저 세트와 손톱깎이, 부엌
용 칼 등 생필품들을 가득 넣었고, 우리는 야간기차를 타고 어
느 역전에 내려 우동을 먹었다. 한밤의 싸늘한 날씨도, 뽀얗게
김이 오르던 우동 그릇도 아직 기억한다.

아버지는 강원도 어딘가의 오일장에 짐을 풀었다. 커다란 보
자기 두 개를 바닥에 반듯하게 펴고 다양한 생필품들을 보기
좋게 진열한 후, 시장 건너 문방구로 들어가 대나무대로 만든

잠자리채 하나를 사 와서 내게 건네주었다. 아버지가 시장에서 물건을 파는 동안 나는 동네 이곳저곳을 기웃거리며 잠자리를 찾았다. 그러다 시장을 빠져나와 드넓은 논가에까지 이르렀고, 동네 아이들을 만나 금세 친해져서는 함께 뛰어다녔다. 잠자리도 잡고 메뚜기도 잡았다. 우리는 광활한 논의 한가운데로 나아갔다. 한 아이가 마른 나뭇가지들을 구해 와 쌓아 올리더니 라이터를 꺼내 불을 붙였다. 거기서 메뚜기와 잠자리를 태웠다. 아이들은 연신 킥킥거렸고, 나는 공포감에 휩싸여 가슴이 두근거렸다.

잠시 후, 저 멀리 논 끝에서 어른의 고함 소리가 들려왔다. 겁을 집어먹은 우리는 반대쪽으로 달려갔고, 논 위를 뛰어본 적 없는 나는 유난히 걸음이 느렸다. 거리가 멀어 잡히지 않을 거라고 생각했지만, 뒤돌아보니 소실점 끝에서 달려오던 어른은 쌀알만 한 크기에서 강낭콩만 한 크기로 바뀌어 있었다. 숨을 헐떡이며 달리다 순간순간 뒤돌아보면, 쫓아오던 남자의 크기는 그때마다 커져 있었다. 결국 우리가 반대편의 안전한 곳에 도달하기도 전에, 나는 그에게 목덜미를 잡혔다. 다른 아이들도 더는 도망가지 않고 내 옆으로 걸어왔다. 그 사내 앞에 나란히 선 우리는, 불장난을 한 죄로 뺨을 한 대씩 얻어맞았다.
사내의 억센 손이 뺨을 후려칠 때마다 우리는 한 명씩 논바닥
에 엉덩방아를 찧었다.

흙먼지를 뒤집어쓴 채 해 질 녘의 길가로 나와 한참을 같이 걷
다, 우리는 시장 어귀에 도착해서 우울한 얼굴로 헤어졌다. 아
버지에게 가니 그사이 보자기 위의 물건들이 많이 빠져 있었
다. 전보다 가벼워진 가방을 들고 아버지와 나는 밤늦게 서울
로 가는 차를 탔다. 가을이 지나던 날이었다. 그리고 그날은,

아버지와 함께한 첫 여행의 기억이자
누군가에게 최초로 뺨을 맞은 기억이기도 하다.

## 전기스토브가 달린 방

눈이 많이 내린 날, 조치원에서 택시를 탔다.

충청도 사투리로 말하는 내비게이션이 있었다. 택시가 청주 시내 어느 대학 후문에 섰고, 눈 비탈에 나를 마중 나온 남자가 서 있었다. 그는 오늘이 휴교인데다 늦은 시간이라 후문이 잠겨 있다며, 담을 타듯 후문을 훌쩍 뛰어넘더니 내게도 가방을 먼저 던지고 넘어오라고 했다. 결국 나도 차가운 철문을 뛰어넘었고, 그와 함께 대학 안의 한 건물로 들어섰다.

건물 지하에서는 내가 만든 영화가 상영 중이었다. 따뜻한 녹차를 한 잔 얻어 마시고 난 후, 영화를 튼 대학 강의실로 들어갔다. 영화가 끝난 뒤 불이 켜졌고 열 명 남짓한 젊은 관객들과 만났다. 강의실에서는 젖은 눈 냄새가 났다. 어린아이의 젖은 머리칼에서 나는 냄새 같기도 했다. 영화에 대한 얘기를 나누고 나서 사람들과 간단히 술을 마셨고, 새벽의 청주 거리를 구경했다. 이야기를 많이 했지만 아무런 이야기를 하지 않은 기분이었다. 잠을 자기 위해 모텔 거리를 찾아 낡은 여관에 들어갔다. 여관방 벽에는 전기스토브가 걸려 있었다. 전등을 끄면 스토브의 붉은빛만 방 안에 가득했고, 잠들기 전까지 꽤 오래 천장을 바라보았다.

아버지의 보따리에 담겼던 요상한 생필품들처럼 나 또한 보따리에 영화를 담고 때때로 여행을 다닌다. 조금은 피곤할 수도 있는 여행. 긴 길을 걷고, 여러 사람을 만나고, 어떤 이에게는 뺨을 맞고, 지칠 때쯤이면 누군가를 닮은 얼굴이 건네는 손을 잡는다. 그날도, 누군가 손을 잡아주기를 바라며 붉은 방에서 잠이 들었다.

## 청주 거리에서 만난 여자

일요일이었고 번화가였다. 모텔 골목을 빠져나오자 간밤의 추위는 사라지고 빈 거리에는 눈 대신 햇살이 차 있었다. 시침을 알리는 종소리에 별안간 세상이 바뀌는 마법처럼, 텅 빈 거리는 어느 순간 사람들로 가득 찼다. 홀로 걷는 사람에게 다가가 대뜸 인상을 읽으며 포교를 하는 무리도 많았다. 종로 거리보다도 네 배쯤은 더 눈에 띄었다. 나중에는 내가 그들을 먼저발견했기 때문에 요령껏 피할 수 있었다. 사진을 몇 장 찍고괜찮은 커피를 마시고 싶어 거리를 서성였다. 그러다 어느 여자와 눈이 마주쳤다.

여자는 반가워하는 것 같기도 하고, 어색해하는 것 같기도 한 표정으로 나에게 왔다. 높은 하이힐을 신고도 성큼성큼 걸어왔다. 그녀는 나를 전에 잠깐 사귀었던 남자랑 착각했고, 내가 자신을 못 알아보자 서운해했다. 나로선 당연히 처음 보는 여자였기 때문에, 내가 그 사람이 아니란 말 말고는 해줄 말이 없었다. 그녀는 끝까지 내가 자신을 못 알아보는 척한다고 믿었다. 나름 억울했지만 어쩔 수 없었다.

그녀는 약간 화를 내며 속상한 얼굴로 나를 돌아보더니 다시 성큼성큼 걸어 인파 속으로 사라졌다. 나는 사람들 사이를 다시 걸었다. 타투샵을 구경하고, 배가 고파 버거킹에서 햄버거를 사 먹었다. 핸드폰으로 서울 가는 시외버스 터미널을 알아봤고, 잠시 쉬는 사이 전화가 왔다. 조금은 심각한 통화를 하며 창밖을 내려다보니 사람들 사이를 누비는 2인조 포교 무리들이 보였다. 그들 또한 누군가를 애타게 찾고 있었다.

## Holding on to Yesterday

발끝이 짓무를 때까지 걷고 싶을 때가 있다.

그 어떤 것에서 나 자신이 가장 멀리 떨어지길 바란다.

새로운 세상을 찾아 여행을 할 때 마주치는 낯선 풍경은 우주가 아닌 이상 낯익은 일면이 도드라지게 다가온다.

사람은 어떤 낯선 공간에서도 자기의 기억 속 무언가를 꺼내어 일치시킨다. 예를 들면 이런 것. 일본의 지하철 안에서 별안간 군대 내무반 냄새가 나는 식으로.

그리고 그 공간이 익숙해지면 다시 그 그리운 냄새들은 사라
진다.

그러면 다시 가방을 둘러메고, 낯익은 얼굴과 익숙한 냄새가
있는 새로운 세계로, 발끝이 짓무를 때까지 걷는다.

# 여름밤

달이 뜬 밤, 바다 앞에서 왈츠를 추는 두 여인이 있었다.

여인들에게서 멀리로 보이는 바다는 조용했지만, 바로 앞의 파도는 바위에 세차게 부딪치고 있었다. 여인들과 바다 사이에 자리한, 그림자 진 몇몇 사람들이 앞의 바다를 보고 있는 건지, 뒤의 여인들을 보고 있는 건지 뚜렷하지 않았다. 바다는 일렁이고 바다에 드리운 달빛은 풍성했다. 여인 둘과 왈츠, 그리고 관객.

이 그림을 마지막으로 보고 오르세 미술관을 나왔다.

별이 가득한 우주. 저마다 입증된 스타들이 가득한 광활한 그곳의 화려함에 눈 둘 곳 없다가, 이 그림 하나만을 담아 나왔다. 미술관을 나서 강으로 난 길을 걸으며, 마지막으로 본 이 그림이 수많은 별들 중에서 나만의 스타임을 알았다. 작가의 이름도 모른 채, 그 그림을 생각했다. 달이 보이지 않았지만 달에 비쳐진 풍경을 보고, 음악이 들리지 않았지만 그 공간 가득한 음악을 상상했다. 파도를 들추던 그 바람에 감싸여 춤추는 기분을 느꼈다. 해 질 녘, 내게도 강바람이 안겼고 고단한 여행 중 빛나는 순간이 그 안에 있었다. 여행은 많은 것을 지우고, 또 많은 것을 새겨준다.

매일 비가 내리던 기나긴 우기의 어느 날.

나는 몇 해 전 오르세 미술관에서 보았던 그림이 윈슬로 호머의 〈여름밤〉임을 우연히 알게 되었다. 예술의전당에서 열린 오르세 미술전에 고흐와 세잔의 그림과 함께 〈여름밤〉이 포함되어 있었던 것이다. 이 그림을 다시 볼 수 있다는 반가움에 지난한 장마를 헤치고 당장 만나러 가고 싶었지만, 진한 습도에 마음도 짓물러 재회의 의욕이 자꾸만 사라지던 중,

볕이 좋았던 가을 첫날에 나는 드디어 전시를 찾았다.

아이들은 울고 사람들은 아무렇지도 않게 서로의 살갗을 몸에
대는 시장 바닥 같은 전시실에 들어선 순간부터 발길을 돌릴
까 고민했다. 그림 하나마다 수십 명이 들러붙어 그림과 사람
들의 시선이 거미줄을 만들어가고, 그 거미줄에 몸이 걸려 뒤
뚱이며 걷는 기분마저 들었다. 그렇게 그림들을 하나씩 지날
때마다 〈여름밤〉을 다시 만난다는 기대와, 그 기대를 망칠 것
같은 두려움이 번갈아 나를 지나갔다. 좌향좌, 좌향좌를 하며
그대로 출구로 빠져나갈까 후회가 밀려올 즈음, 꽉 찬 전시실
의 건너편 벽에 호머의 〈여름밤〉이 보였다. 고흐의 그림과 나
란히 전시되어 유난히 많은 사람들이 몰려 있었다. 그야말로
시장 한복판에서의 재회라니. 하지만 그 재회 앞에서 실망스
러운 낯을 하고 싶지 않았다. 조심스럽게 그림 앞으로 다가갔
고, 그 잠시 사이 다행스럽게도 그림과 나 사이의 깊은 관계가
돌아와 있었다.

왈츠를 추는 여인들의 편안한 얼굴과 그 우아한 손끝이, 불안
정했던 나의 마음을 잡아주었다. 검푸른 바다도 기억 그대로

였다. 하지만 〈여름밤〉을 처음 보았던 그때 느꼈던 막연한 낙관은 모양을 달리하고 있음을 깨달았다. 그 여행에서 얻었던 어떤 것들은 이미 사라지고 없었으니까. 그림을 보고 돌아오며, 나를 지나치고 내가 잃어버린 것들에 대해 잠시 생각했다. 중요한 것은, 무언가를 잃어버렸지만 그림이 주는 위안은 그대로였다는 것, 그리고 그 잃어버린 것들 때문에 위안은 더 깊어졌다는 것. 달빛에 의지한 여인들의 왈츠가 있는 그림은, 지금 여기에서의 남루한 재회로 인해 비로소 의미가 생겼다.

그렇게 우리의 관계가, 만들어졌다.

2부 베를린 천사의 시

# 돌로 만들어진 숲

우연히 베를린 거리에서 만난 우리는 가볍게 산책을 하기로
했다. 그러다 한밤중의 도시 한가운데에서 낯선 조형물들을
만났다. 서로 키가 다른 검은 콘크리트 덩어리들이 땅 위로 올
라와 있었는데, 우리는 높낮이가 서로 다른 조형물들 사이로
별다른 말 없이 들어갔다.

화려한 불빛에서 깊은 어둠 속으로 갑작스럽게 숨어든 것 같
았다. 나는 허리춤 높이의 조형물 옆을 지나 가슴께 높이의 조

형물들 사이로 들어갔다. 낮은 조형물 사이를 맴돌던 그녀 역시 자신의 키를 훌쩍 넘는 그것들 사이로 접어들었다. 그녀와 나는 같은 공간에서 서로 다른 탐험을 하는 듯 굴었다. 가끔씩 조형물 사이에서 서로 스쳤지만, 그럴 때마다 몇 마디 말을 나누고선 이내 부자연스러워졌다. 처음 만난 사이인데도 이곳으로 오기 전까지 비교적 자연스러웠던 것과는 달리 말이다. 조형물들로 만들어진 숲. 그 안으로 난 길들은 숨어 있어 내밀했지만, 한편으로는 막히지 않고 도시와 연결되어 있어 아무리 숨어들어도 부끄러운 구석이 있었다. 그 공간이 가진 느낌 탓이었을까, 그녀와 나 사이도 그랬다. 우리는 사방이 뚫린 단순한 미로에서 열심히 숨어들었지만 결국은 숨지 못했다.

나중에 안 사실이지만 그 길쭉한 육면체의 돌들은 학살된 유대인들을 추모하기 위한 비석이었다. 독일인의 자책이 만들어 놓은 그 돌덩이들을 회상하다 보면, 가면무도회와도 같았던 그 밤을 떠올리며 나는 조금 다른 방식으로 반성을 하곤 한다.

## 교토의 두루미

처음 찾은 교토의 기온 유곽(遊廓)은 그럴듯한 분위기를 풍겼다. 비가 내리고 인적이 드문 거리에서 콜로라도라는 카페를 찾았고, 꽤나 맛있는 커피를 마셨다. 창밖으로 지나다니는 게이샤들이 보였다. 먼 공간감을 가진 콜로라도라는 이름과, 시간을 거스른 듯한 나이 든 카페의 모습이 내게는 낯선 기온의 첫인상이었다. 비가 갠 후, 카페를 나와 천변을 산책하다 두루미 한 마리를 발견했다. 나중에 안 사실이지만 교토에 두루미는 흔하다. 흔하고도 신비로웠던 두루미는 어느 집 앞에서 창

안의 여자를 보고 있었다. 한참을 미동도 없이 떠나지 않고 그 여자를 바라보고 있었다.

"은은한 불빛으로 감싸인 방에서 여자는 따뜻한 차 한 잔을 마시며 누군가를 기다리고 있다. 기다리는 사람은 한참을 오지 않지만 그녀는 동요가 없다. 방문이 열리기를 기다리기만 하는 그녀는 두루미를 끝내 발견하지 못한다."

이야기꾼들은 이 광경 하나에 사연 깊은 이야기를 만들어낼 것이다. 나 또한 나만의 이야기를 그려본 것처럼.

2부 베를린 천사의 시

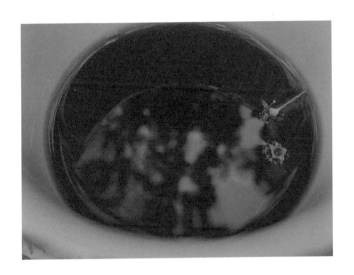

## 야간열차

우에노 역 13번 플랫폼에서 호쿠토세이(北斗星) 야간열차를 기다렸다. 기차를 기다리고 있는 사람들은 대부분 장년이었다. 오래된 관광열차가 들어왔다. 난 네 개의 침대가 들어 있는 좁디좁은 침대칸에 자리를 잡고 16시간의 짧지 않은 운행을 준비했다. 덜컹거리며 기차가 출발하자 좁은 통로와 낡은 화장실도 따라 덜컹거린다.

도쿄의 우에노에서 홋카이도의 삿포로까지의 길 위, 작은 침

대에 몸을 뉘였다. 낯선 여행객들이 다른 침대에 들어왔고, 낯가림이 심한 일본인들은 이내 커튼 안으로 몸을 숨긴다. 좁은 공간에서 몸을 꿈틀거리며 기차가 움직이는 소리를 듣다가, 객실을 빠져나가고 싶은 마음이 들었다. 삼등객차를 나와 비교적 고급형인 침대열차를 지나고 레스토랑으로 자리를 옮기니, 먼저 자리를 잡은 노인들의 담배 연기가 자욱했다. 열차 밖으로는 밤의 풍경이 스쳐 지나가고 있었다.

자정 즈음 열차는 후쿠시마에 정차했다. 눈에 익은 간판이 보이는 순간, 마을 전체를 덮치던 거대한 파도를 담담하게 보여주던 뉴스릴 화면이 떠올랐다. 내리는 사람도, 타는 사람도 없이 열차는 잠시 정차해 있었고 식당 칸에 앉아 있던 노인들이 웅성거렸다. 나지막한 이야기들에 간간히 웃음소리가 섞여들었다. 알아들을 수는 없었지만, 어떤 농담을 하고 있는 것일까? 노년의 그들에게는 유전형질을 변형시킬 수 있다는 방사능의 공포는 별다른 의미가 없을 수도 있다. '방사능 좀 들이마신다고 우리가 뭐?'라며 호탕하게 웃고 있는 것일지도 모른다. 나 역시 아무렇지 않은 표정을 지었지만, 열차 사정으로 후쿠시마 근처에서 정차 시간이 길어진다는 방송이 나오자마자 객

실로 발걸음을 돌렸다.

객차 사이를 통과할 때마다 열차 밖에서 서늘한 후쿠시마의 바람이 들어왔다. 몸에 낙진이 붙는 상상을 했다. 다시 침대에 누우니 괜히 몸이 더 무겁게 느껴졌다. 침대에 몸을 기대고 짧은 소설을 읽었다. 교토에서 태어나 자란 젊은 불상 조각가가 고향을 떠나 일본 일대를 떠돌며 방황하는 오디세이아풍의 서글픈 이야기였지만, 경쾌한 속도로 달려가는 글이었다. 소설이 가진 외로움이 잘 스며들었다. 소설을 다 읽을 때까지 기차는 출발하지 않았다. 그러다 조금씩 열차가 움직이고, 후쿠시마 근처의 새벽 풍경이 다시 차창 밖으로 스쳐가기 시작했다.

불이 켜진 집과 편의점이 보였다.
어둠 속에서 차들이 지나고 자전거가 달린다.
춥고 무거운 공기가 내려앉은 그 공간에
누군가가 살고 있었다.

* 이 열차는 현재 더 이상 운행하지 않는다고 한다.

# 루모이로 가는 길

혼자 하는 여행은 생각보다 인내가 필요하다.

즐거움을 나눌 벗도 없이 좋은 곳을 혼자서 본다는 것이, 때로는 쉽게 나를 지치게 한다. 간헐적인 자극에도 그 자극을 오래 남기지 못하고 길을 떠난다. 교토에서 스무 시간 넘게 기차를 타고 온 1월의 홋카이도는 관광객의 시기를 비켜 있었다. 교토도 마찬가지였지만, 비어 있는 그 자체의 느낌으로도 교토가 꽉 차 있었다면, 눈이 가득한 풍경과 관광객이 없는 삿포로와 오타루는 비어 있는 그림 그 자체였다.

주위 사람들에게 좋은 추억을 전해 들었던 곳을 중심으로 홋카이도의 여러 곳을 둘러보았다. 추천받은 장소들이 좋기는 했지만, 어느 공간이든 그 공간에 들어선 사람과의 관계에 따른 공간의 고유한 얼굴이 있는 것이 아닐까 생각했다. 계절과 시간과 날씨, 또 그 사람의 상태가 그 공간의 얼굴을 달리 만든다. 누군가에게는 소중한 기억을 주었던 곳들이 내게는 다른 인상으로 온 듯했다. 사람도 타이밍과 관계에 따라 다른 얼굴을 보게 되듯이.

홋카이도의 마지막 지점으로는 왓카나이라든지 네무로라든지, 일본의 최북단 또는 최동단을 생각했었다. 세상의 끝에 대한 판타지 때문인지, 러시아가 보인다는 그 끝점의 바다를 보는 것이 좋겠다고 생각했지만, 혼자 오른 기차여행에 약간 지쳐 있던 터. 끝점에 도달하고픈 정복욕에 가까운 마음이 어느덧 사라지고 나는 별 생각 없이 마시케행 기차를 타기로 했다. 마시케행은 오타루에서 그리 멀지 않은 해안으로 들어가는 기차 노선이다. 삿포로에서 기차를 타고 다시 작은 단위의 기차역으로 가서 하루에 서너 번 있는 단량 기차를 탔다. 한 칸짜리 기차가 가을의 길을 달려 한 시간쯤 더 들어갔고, 루모이라는 곳에서 내렸다. 루모이는 규모가 작지 않은 항구 마을이다. 높은 위도에, 길게 지는 햇볕들 사이로 높지 않은 반듯한 건물들이 있었다. 동인천에서 맡아보았던 매캐한 기름과 가스 냄새로 꽉 차 있었다. 건물은 많고 빼곡했지만 인적이 드물어 한산했고, 그 풍경은 내가 홋카이도에 와서 내내 지나쳤던 풍경의 극대화였다. 하지만 사람을 지치게 하는 풍경도 어느 끝을 건드리다 보면, 그 낯선 모습에 매력을 느끼게 된다. 그렇게 다시 바라보니 홋카이도에서 미 서부를 만난 것도 같았다. 저 길을 돌면 언덕 끝에 메디슨 카운티의 다리가 있을 것만 같았다.

난 조용한 휴일의 도시 같던 루모이의 언덕길을 묵묵히 올랐다. 가끔 파란 트레이닝복을 입은 운동부 아이들이 무리 지어 오래달리기를 하고 있었고, 해가 지자 루모이의 색깔이 바뀌기 시작했다. 집들 사이의 좁은 언덕길 틈으로 석양이 진 바다가 보였다. 전혀 기대하지 않은 않았던, 마주치리라 예상하지 못했던 공간에서 해 질 녘 바다를 보았다. 언덕 밑 해안선으로는 아까 보았던 파란 트레이닝복 소년들이 여전히 달리고 있는 모습이 보였다. 나는 기대하지 않았던 아름다움에 당황했다. 매우 조용했고, 기분 좋은 바람이 불었고, 그 언덕에 서 있을 때 우리의 관계가 생겨났다. 내내 지치던 풍경에 나는 어느새 반해 있었다.

루모이는 세상의 끝은 아니었지만, 다른 끝점이었다. 나는 여기서 누군가에게는 평범할 수 있는 특별한 얼굴을 만났다. 그리고 다시 장거리 기차에 몸을 실었다. 물론 나의 긴 여행은 끝나지 않았고, 나는 다시 지쳐갈 테지만.

2부 베를린 천사의 시

## 여행자의 요령

여행을 다닐 때 나의 요령은 표정을 감추는 것이다.

커다란 덩어리의 한 부분처럼 나를 바꾸고 그곳의 규칙들, 그 흐름에 순응하며 낯선 모습을 감추어간다. 하지만 난 그곳의 규칙을 사실상 알지 못한다. 원래 거기 있었던 사람처럼 유속을 맞춰가지만, 금속을 가공하는 기계 사이에 잘못 들어가 여기저기 튀어대는 콩처럼 불안하고 이질적인 존재가 되기도 한다. 그러한 위기가 와도 흐트러짐 없이 당황하지 않으려 애쓴다. 짧은 시간이나마 그곳의 질서에 나를 구겨 넣고 의자에 편히 앉는다. 엉덩이를 빼고 고개를 들고 따뜻한 햇살을 마신다.
사람 하나가 들어가 있을 것 같은 나의 커다란 배낭도 의자 옆
에서 쉬고 있다. 손님을 맞으러 나온 웨이터가 편안한 미소로
말한다.

"엉 카페 실부플레(커피 한잔 주세요)."

3부

# 시네마 천국

## ─영화와 기억

모든 것은 사라질 것이다.
사라지는 것을 잡을 수 있는 것은 기억뿐이다.
영화는 잊힐 모든 것들에 대한 기억이다.

## 기회

가끔 영화를 만들길 잘했다고 느끼는 까닭은, 결국은 나의 허비되고 실패하고 아깝게도 다시 올 수 없는 지난날들의 힘으로 영화를 만들고 있기 때문이다. 버려진 시간들이 다시 한 번의 기회를 선물로 받는다.

## 남는 것, 남는 곳

외대역의 풍경은 몇 년 전만 해도 지금과는 많이 달랐다. 출근
길 분주한 사람들의 움직임은 '댕강댕강' 소리를 내는 철도 건
널목 앞에서 잠시 멈춰 서고, 승강장에 서서 담배를 물면 담뱃
재가 바람결에 철로로 흩어지곤 했다. 몇 해 전 그곳에서 지하
철을 기다리던 어느 날, 승강장 건너편에서 어떤 풍경 하나를
보았다. 인천행 지하철이 서는 내 자리는 출근하는 사람들로
가득한데, 의정부행 지하철이 서는 건너편엔 초로의 노부부만
이 승강장 벤치에 앉아 있었다. 가득한 것과 텅 빈 것이 그렇

게 철로 하나를 사이에 두고 함께 있었다. 같은 시간, 같은 공간에 있는 두 승강장은 마치 다른 겨울의 온도를 지닌 것만 같았다. 아마 내가 사진을 찍는 사람이었다면 그 겨울의 풍경을 사진으로 남겨보려 했겠지만, 그것을 본 순간 나는 영화로 남기고 싶었다. 그 공간에다 시간의 개념을 더하고, 이야기를 덧대고 싶었다. 순전히 그러한 이유로 나는 얼마 지나지 않아 그곳에서 영화 한 편을 찍었다.

지하철을 타고 가며 본 그날의 사건들, 고등학교 때 땡땡이치고 하릴없이 거닐던 거리들, 동네에 있는 대학교의 낡은 건물 학보사, 북촌의 골목들, 오래된 슈퍼가 있고 목련이 보기 좋게 피던 봄의 산책길들.

때로는 '어떤 공간을 남기고 싶다'라는 열망이, '어떤 영화를 만들고 싶다'라는 첫 번째 이유가 되기도 한다. 사소한 기록의 욕구가 그 영화를 만드는 제1의 이유가 된다는 건 재미있는 일이다. 영화는 저마다의 상업적 가치, 또는 예술적 가치를 향해 달려간다. 결국 그 안에 스며드는 작은 취향들이 보다 큰 것을 만들게 되기도 하지만, 사실 영화의 덩치가 커질수록 그

3부 시네마 천국 - 영화와 기억

작은 애정이 끼어들 자리는 작아지는 법이다. 내 보잘것없는 작업들이 가진 큰 의미는, 내가 스쳐간 그 많은 순간들을 다른 방식들로 남길 수 있었다는 것이다. 아무것도 세팅되지 않은 채 거리와 그 거리의 사람들 앞에 카메라가 돌아가고, 가끔 기막힌 우연이 그 공간에 들어오는 기적을 만난다. 나는 그렇게 그 장소의 한 시절을 영화의 방식으로 기억할 수 있게 된다.

내가 좋아하고 또 매일 지나는 골목에 배우와 스태프를 부르고 큐 사인을 준다. 골목은 원래 있던 모습대로 서 있고 원래 흐르던 시간대로 흐르고, 그 안에서 배우는 이야기를 만든다. 배우가 대사를 하는 동안 목련이 지고, 슈퍼를 찾는 아이가 뛰어가고, 마을버스가 지나간다. 바람에 진 꽃잎이 배우의 손등 위로 날리기도 하고, 동네 아이들의 웃음소리가 배우의 대사에 묻어나기도 한다. 그러면 난 그 장소, 그 시간을 가진 듯한 착각에 빠진다. 그것들이 언젠가는 모습을 바꾸어 사라진다 하더라도, 그 하나의 인상이 영화 속에 자리 잡는다면 언제든 다시 되돌아올 수 있으니까.

내가 서 있는 장소와 계절에 애정을 느낀다는 것,

단지 그 작은 이유만으로도 영화를 만들게 된다는 것이
작은 영화들을 만들며 내가 배운 소중함이다.

3부 시네마 천국 - 영화와 기억

# 카페 뤼미에르

만화방 구석에 마련된 작은 온돌방에 아이들이 대여섯 정도 모여 있었다.

우리들은 한 번도 본 적이 없는 사이였고 중학교 1학년인 내가 제일 어렸다. 만화책의 눅눅한 냄새가 방 안에도 가득했다. 나는 나쁜 짓이라도 하는 양 죄책감에 쭈뼛거리다가, 맞은편에 앉은 중학교 3학년 정도 되어 보이는 여자아이와 눈이 마주치곤 답답한 마음에 고개를 돌렸다. 주인아주머니가 영화 목록이 쓰여 있는 독서 카드를 내오고, 우리는 머리를 맞대고

볼 영화를 상의했다.

"〈로보캅〉 보셨어요?" 어디선가 "네."
"〈바탈리언〉은요?" "아뇨, 무슨 영화인데요?" "공포영화요. 시체 나오는……" "저 공포영화 못 봐요." 유일하게 끼어 있던 그 여자아이가 말했다.

드디어 비디오테크에 무지의 비디오테이프가 들어갔다.
내가 그날 200원을 내고 여섯 명의 아이들과 처음으로 본 영화는 이두용 감독, 이미숙 주연의 〈뽕〉이었다. 다른 이들과 숨죽여 영화를 보며 매우 부끄러웠지만, 낯선 이들과 영화의 즐거움을 경험하는 첫 시네마였다. 나와 닮은 사람들을 만나 영화에 대한 애정을 공유하는 시네마테크 프랑세즈였다.

그 뒤로도 그곳에서 우리는 미켈레 소아비 감독의 〈아쿠아리스〉와 조 단테의 〈그렘린〉과 실비아 크리스텔 주연의 〈개인교수〉 시리즈 등을 보면서 즐거움을 얻었다. 그 작은 방에서 자주 마주치는 아이들이 생겼고, 이내 친해진 우리들은 좀 더 큰 즐거움을 찾아 나서기도 했다. 기억으로는 당시 1500원 정도면 동시상영관에 가서 영화를 볼 수 있었다. 우리들은 주말이면 모여서 황학동 뒤편의 동시상영관이라든지, 동대문 창신시장 근처의 원풍극장에 가서 세 편 정도의 동시상영 영화를 즐겼다. 그때 보았던 영화들은 〈천녀유혼〉의 아류이든 〈영웅본색〉의 아류이든 모두 엇비슷했고, 한정된 시간에 모두 상영하기 위해 영화의 상당 부분이 잘려 있었다.

아무 때고 들어가 영화의 끝부분부터 보기도 했고, 두어 편이 지나고 난 뒤 다시 그 영화의 놓친 앞부분을 즐겼다. 하지만 극장을 나서 눈부신 햇살 아래서는 왠지 모를 창피함을 느꼈다. 그렇게 노는 것이 나쁜 것이라 생각했던 우리들 사이도 서서히 소원해졌다. 몇 년이 지나 우연히 길에서 만나기도 했지만 아는 척을 하지는 않았다. 슬쩍 눈만 마주치고는 이내 눈길을 피했다. 지금이라면 그들을 만나 반갑게 인사할 수 있겠지만, 이제는 그들의 얼굴이 기억나지 않는다.

〈진짜로 일어날지도 몰라 기적〉 중에서

가루칸 떡을 만드는 코이치의 할아버지.

떡을 만들어 주위에 돌리지만 전보다 못하다는 평가를 받는다.

"아무 맛이 안 나요."

"연한 맛이에요."

"밍밍해요."

시간이 지난 후의 평가.

"먹다 보니 괜찮은데."

할아버지의 고집.

"사쿠라를 반영해서 가루칸 떡의 색을 핑크로 하는 건 어떨까
요?"

"핑크는 절대로 안 돼."

## 진짜로 일어날지도 몰라, 기적

최근에 기적이 있었습니까? 제겐 있었습니다.

기적이라 할 수 있을지 모르겠어요. 전날 술을 많이 마셨습니다. 며칠 동안 볼일을 보지 못했는데 전날 마신 술 덕분인지 화장실에서 장을 다 비워냈지요. 변이 잘 나와서 오랜만에 속이 편했습니다. 그리고 화장지를 손에 감아 뒤처리를 하던 중, 작은 기적을 발견했습니다.

엉덩이를 닦고 화장지를 접어버리려는 순간, 화장지에 붙어 있던 깃털을 보았습니다. 손가락 두 마디 정도 길이의 재색 깃털이었습니다. 흐트러지지 않고 결도 좋게 화장지 사이에 붙어 있었어요. 그 깃털이 내 안에서 나온 것인지 원래 엉덩이에 붙어 있었던 건지 한참을 생각해보았습니다. 깃털이 원래 제 엉덩이에 붙어 있을 일은 없었습니다. 그럼 깃털을 내가 먹은 것일까? 또 한참을 생각했습니다. 어쩌다 깃털을 먹었을까? 어떤 종류의 새인가? 종잡을 수 없었습니다. 좌변기에 한참을 앉아 이 신비로움에 대해 생각해보았죠. 그것은 다른 특별한 이물질과 다르게 영적 체험에 가깝다 생각했습니다. 물론 깃털은 화장지에 곱게 싸 휴지통에 버렸습니다. 보관하겠다는 생각 따윈 하지 않았습니다.

그 기적은 삶에 영향을 미치기엔 미미한 것일지도 모르겠습니다만, 말 그대로 깃털만큼 가벼운 기적이니까요.

## 나루세 미키오의 〈번개〉

내 방의 낡은 나무 창틀은 겨울이 되면 심하게 운다. 냉기를 막아보려고 커다란 김장비닐을 통째로 창문에 덮어본다. 창문 틈새로 들어오는 바람에 커다란 비닐이 오르락내리락 숨을 쉬고, 야심한 겨울의 밤, 나는 창가 앞 책상에 앉아 컴퓨터로 영화를 본다. 발이 시려 의자 위로 발을 모아 올리고 생강차를 마시며 나루세 미키오의 오래전 영화를 보고 있으면, 낯선 나라의 옛 정취가 그리 먼 곳에 있지 않다. 흑백의 사각 프레임 안에 그 시절의 골목이 보이고 영화는 사라질 샤미센과 '미싱'

소리를 기억하고자 한다. 기억이나 자취를 중시하는 영화를
보다 문득, 이제 이런 영화가 더는 만들어지지 않는다고 생각
하면 영화의 중요한 시간은 이미 지나가버린 것은 아닐까,

또 한 번 아쉬움이 스친다.

## 속(續) 개인교수

중학교 3학년 때 처음 포헤드 비디오데크가 생겼다. 투헤드만
해도 감지덕지인데 포헤드라니. 비디오데크가 있는 친구 집을
더는 기웃거리지 않아도 되었고, 자존감을 지키며 집에서 아
늑하게 영화를 즐길 수 있었다. 토요명화를 녹화한 〈터미네이
터〉를 수십 번 돌려보면서 결코 죽지 않는 악당이 나오는 끈질
긴 충격에 매번 놀랐고, 캐서린 비글로우의 〈폭풍 속으로〉를
또 매번 돌려보면서 키아누 리브스와 패트릭 스웨이지, 적의
와 동경으로 혼란스러워진 두 남자의 우정에 가슴이 뜨거워졌

다. 그리고 〈속 개인교수〉.

이 영화에는 실비아 크리스탈이 나오지 않는다. 더군다나 프랑스 영화도 아니다. 케빈 베이컨이 나오는 이 영화는 지금 다시 본다면 그저 슬쩍 야한 성장영화였을지도 모르겠다. 이 영화엔 지금도 잊히지 않는 인상적인 장면이 있다. 케빈 베이컨의 여자 친구가 그를 유혹하는 장면인데, 불 꺼진 어두운 집 안에서 그녀는 경찰차에나 있을 법한 경광등을 꺼낸다. 어딘가에 올려둔 경광등이 돌아가며 몇 초에 한 번씩 붉은빛이 그녀를 비추고, 그녀는 그 앞에서 옷을 벗는다. 리드미컬한 음악에 춤을 추면서 붉은빛에 슬쩍슬쩍 알몸이 드러난다. 아쉽게도 이 장면은 순식간에 지나가버리지만, 내게는 그 순간에 영속성을 부여할 조그셔틀이 있었다. 나의 사랑스러운 비디오데크는 조그셔틀을 이용해, 정확히 원하는 위치에서 화면을 정지시킬 수 있었다. 난 항상 이 비디오데크의 막강한 일시정지 기능을 시험해보고 싶었는데, 사춘기의 열망과도 맞아떨어지는 일이었다. 그녀가 완전한 알몸이 되었을 때, 그 근처에서 일시정지를 누르고 한 프레임, 한 프레임 붉은빛이 그녀의 몸에 닿는 순간을 찾았다. 하지만 완전한 알몸을 조그셔틀이 찾는다 해도 정지된 프레임이 심하게 떨렸기 때문에 구체적인 상을 볼 수 없었다. 붉게 번진 알몸이 심하게 흔들리며 어른대는 그 '순간'을 '완전히' 볼 수는 없었던 것이다. 영화에 대한 중요한 개념을 배운 순간이었다.

## 아네스 바르다의 〈방랑자〉와 시네마테크

아네스 바르다 회고전에서 본 〈방랑자〉는 차가운 겨울 들판 위, 여주인공 모나의 주검에서 시작한다. 영화는 세상을 떠도는 모나의 방랑과 여정을 꼼꼼히 보여주고, 길가에서 죽어가는 그녀에게로 다시 돌아와 마지막 숨소리까지 담아낸 뒤 끝난다. 〈방랑자〉는 겨울의 추위를 맨발로 걷는 차가운 로드무비이다. 그녀의 회고전이 열렸던 종로 낙원동의 '서울아트시네마'에서 나는 이 영화를 보았고, 낙원상가 계단을 타고 내려와 쌀쌀한 인사동 기슭을 헤매며 그녀의 마지막 숨을 떠올렸다.

그 마지막 숨은, 당시 내가 지닌 피로감과 절묘하게 어울렸다. 나는 가끔 막연한 위로를 바라며 시네마테크를 찾는다. 그렇게 무작정 어떤 위로를 바라고 극장을 찾았을 때, 우연처럼 그날의 영화는 그에 걸맞은 장면을 보여주었다. 한때는 시네마테크에서 그러한 위로를 '밥'처럼 받아먹고 산 적이 있었다.

영화가 가끔 편지 같다는 생각이 든다. 누군가에게 편지를 보내고 읽히기를, 마음에 가닿기를 바라는 것. 그러한 목적이 살아 있을 때 영화도 살아 있다. 하지만 영화는 고단한 여정에 아랑곳없이 수취인 불명의 편지가 되어, 무관심 속에 서서히 죽음을 맞기도 한다. 긴 죽음의 시간. 만약 시네마테크가 그러한 영화들의 마지막 숨결을 불러일으키고 다음 세대의 관객의 마음을 움직일 수 있다면, 그건 그 영화가 아직 살아 있다는 이야기다. 오랜 세월이 지나고도 위로를 건네기 위해 어떤 이에게 도착한 편지처럼, 우리 앞에 당도한 영화인 것이다.

죽은 영화들은 그렇게 살아 있고 시네마테크에는 수취인 불명의 은밀한 편지들이 아직도 누군가를 기다리고 있다.

## 관객

귀를 기울인다는 것은 얼마나 아름다운가.

그의 떠듬거리는 말솜씨와 허접하고 실없는 농담도 열심히 들어주고.

시끄러운 음악 소리, 소음의 와중에 눈은 마주치지 않아도 몸을 비스듬히 세워 귀를 기울이며 한 사람의 이야기를 들어주는 좋은 친구들.

## 〈일루셔니스트〉

"마술사는 더 이상 존재하지 않는다."

– 일루셔니스트 중

베를린 쿠담 거리에 있던 옛 극장은 축제 분위기에 싸여 있었다. 붉은 커튼이 커다랗고 하얀 장막을 가렸고, 부산스럽게 떠드는 아이들 소리는 덩치 큰 극장에 메아리처럼 다시 돌아왔다. 입장하는 사람들의 외투에는 베를린의 겨울이라는 차디찬 추위가 붙어 있었다. 세 번의 베를린 방문이 모두 겨울이었기 때문에, 나에게는 추운 베를린이 당연하게만 느껴진다.

어쨌든 여행으로 들른 베를린에서 영화제를 만난 행운 덕에 극장을 찾았고, 그때 보러 간 영화가 실뱅 쇼메의 애니메이션 〈일루셔니스트〉였다. 제목에 깃든 환상의 기운처럼, 작은 기적들이 그 공간에서 나를 기다리고 있을 것 같았다. 붉은 커튼이 걷히고, 몇 백 명의 악동들이 비명 같던 소음을 일순 멈추었다. 이미 작은 기적이었다. 영화가 시작되면 영화 안에서 또 한 번 낡은 극장의 붉은 커튼이 나온다. 커튼 사이로 나이 든 마술사가 나와 귀엽지만 사나운 토끼 한 마리를 모자에서 꺼내고, 영화는 이야기를 시작한다.

영화는 더는 마술사의 눈속임을 믿지 않는 시대, 그 퇴로에 서서 자신을 인정하며 조금씩 떠날 준비를 하는 나이 든 마술사의 이야기였다. 내가 놓친 것, 내가 잃은 것을 떠올리게 하는 영화 〈일루셔니스트〉는 성냥팔이 소녀에게 잠시 머문 성냥불처럼, 환영 속에서 사라져가는 것들을 보여주었다. 유려한 뮤지컬처럼 아름답게 서글픔을 밀어 넣는, 모든 잊혀가는 것들을 위한 송가였다. 그 쓸쓸한 송가는 영화가 궁극적으로 닿고자 하는 것과도 닮았고, 나 또한 영화를 계속할 수 있는 에너지를 그곳에서 찾아왔다.

영화를 보고 낯선 이국의 겨울로 걸어 나왔을 때, 나에겐 슬픔이 붙어 있었다. 그 슬픔을 가장 소중한 이와 나누고 싶었다. 가장 소중한 영화를 만났을 때, 그 영화를 같이 봐야 할 가장 소중한 사람이 있다는 것은 어떤 의미일까. 영화는 짙은 공감을 불러일으켰지만, 그 소중함을 나눌 소중한 얼굴이 그때는 없었다. 문득 떠오르는 그리움이 있었겠지만 다치지 않기 위해 덮어두었다. 그것은 통증이 없지만 공허함을 닮은 또 하나의 슬픔이다.

완벽하게 좋은 순간, 그것을 나눌 사람이 있다는 것은 얼마나 나 자신에게 유익한 것인지. 소중한 사람과 함께 나눌 수 있는 기억은 스러져가는 환영을 잃어버리지 않는 단 하나의 방법이다.

4부

## 흐르다

### ― 추억과 이야기

기억들은 아프지 않게 내 몸을 지나고
조금 덜 무거워지고 비워지고 잠들 수 있고
다 취하면 난 그 예전 아버지의 모습을 하고 집으로 돌아가겠지.

## 기행 일기

꿈속에서 아직도 너의 머리를 쓰다듬는다. 넌 아직 나의 모순이다. 난 꿈속에서 그것을 끌어안는다. 내가 꿈속에서 겪는 모든 일들이 실은 여행이 아닐까 생각해본다. 그 꿈들은 끝없는 여행을 닮았다. 내가 떠나온 거리를 메우기 위한 여행이다. 한 살 한 살 나이를 먹고 사정이 복잡해질수록 잠 속에서 점점 더 먼 항해를 한다. 항해의 중간, 잠에서 기어 나오면 그 여독이 몸에 붙어 있다.

언젠가부터 잠에서 깨면 꿈을 메모하곤 하는데, 그 메모는 길 찾기를 위한 지도와도 같다. 그 기행문들을 읽다 보면 슬픔의 형상이 보일 듯하다. 부질없는 꿈의 작용을 기억하려 하다 보면, 말라비틀어진 상처가 고스란히 드러난다. 아마 많은 시간이 지난다 해도 뒤엉킨 기억과 자책의 타래들이 풀어지지는 않을 것이다. 하지만 멀어지고 멀어지다 보면 그 가느다란 실들이 끊어질 때가 오겠지. 내가 고개 돌리지 않아도 존재하는 그것.

## 사라지지 않는 창고

커다랗고 텅 빈 창고였다.

이 창고는 십여 년 전 내 기억의 일부였기에 익숙했다. 20대 중반에 속옷 매장의 창고를 관리하던 때가 있었는데, 근처에 마땅한 숙박시설이 없어 창고 한편에 박스들을 깔아놓고 잠자리를 해결했다. 고등학교 강당만 한 창고였고, 물건들을 다 채워도 공간이 남아 불필요하게 크다는 느낌을 받았다. 밤이면 불을 대부분 꺼놓았고, 창고 안의 어둡고 텅 빈 모퉁이들을 바라보며 잠들곤 했다.

다시 마주 선 어두운 창고에도 기억에서처럼 불이 들어오지 않았다. 넓은 공간은 어두운 윤곽으로만 보였고, 간간히 종이 박스 더미들이 눈에 띄었다. 손에 들린 작은 랜턴을 켰다. 가느다란 빛이 넓은 공간의 작은 부분들만을 간신히 비추었다. 그러다 박스 더미 사이에서 작은 소리가 들려왔다. 동물의 새근거리는 소리.

빛을 비추니, 쥐 한 마리가 누워 있었다. 작은 발을 버둥거리다 한참 후에 겨우 일어섰다. 어미의 자궁에서 갓 튀어나온 송아지마냥 비틀거리며 일어서더니, 일어나자마자 금세 움직임이 빨라졌다. 가만히 바라보는 사이, 순식간에 쥐는 두 마리가 되었다. 빛을 가까이 비추자 또다시 쥐는 여러 마리가 되어 있었다. 그 쥐들이 내게 다가왔다. 난 창고의 셔터를 내리는 쇠 지렛대를 두 손으로 단단히 움켜잡았다. 쥐들은 어차피 작으니 그다지 위협으로 느껴지진 않았다. 하지만 다가오던 쥐들은 몸집이 점점 커지더니, 어느 순간 개가 되었다. 덩치가 크고 사납게 생긴 잡종견들이 이를 드러내며 나에게 달려들었다. 나는 있는 힘껏 쇠막대를 휘저으며 놈들과 한참을 뒤엉켜 싸웠고, 공포에 질려 비명을 질러댔다. 그러자 개들은 달려들던 것을 멈추고 으르렁거리며 나를 스쳐갔고, 줄을 지어서는 창고 문 바깥으로 나갔다. 밖으로 따라 달려가니 개들은 어둠 속으로 사라지고 있었다. 그리고 어둠과 빛의 경계에 선 마지막 개한 마리가 나를 돌아봤다. 눈이 빛났고 한참을 서서 나를 보았다. 그러더니 다시 이를 드러냈다. 개는 순식간에 내게 전속력으로 달려들었다.

그 순간, 나는 여자친구에게 주먹질을 했다.
잠결에 놀란 그녀는 무슨 일이냐며 나를 안았다. 놀란 나 또한 그녀를 안았다. 잠에서 깬 곳은 국도변의 러브호텔.

새벽녘, 멈추지 않고 도로를 달리는 차들의 소음과 찬바람 소리가 창틀 너머에서 들려왔다. 창밖 어디선가 소용돌이가 맴돌고 있는 듯했다. 나는 여자친구에게 꿈 얘기를 해주었다. 내 가슴으로 그녀의 작은 머리가 들어오고, 따뜻한 맨살이 닿았다. 이야기를 하던 중간 그녀는 이내 잠이 들었고, 어둠 결에 보이는 알몸에 빛들이 잠시 머물렀다.

## 나는 그 새를 죽이지 않았어

- 꿈속에서 어느 술집에 갔는데, 어떤 여자랑 눈이 맞아서 밖
  으로 같이 나간 거야. 뽀뽀하고 싶어서.
- 어떤 여자? 나 말고?
- 응. 너 말고…… 모르는 여자.
- 미친놈. 딴 여자랑 뭘 했다고? 꿈 가지고 질투하라는 거야,
  뭐야. 예쁘게 생겼어?
- 응. 모르는 여자인데 야하게 생겼어.
- 정말 모르는 여자야?

- 응. 그렇다니깐. 암튼, 근데 그 여자가 갑자기 키스를 하는 거야.

- 좋디?

- 응. 꿈속에서 뽀뽀하면 현실과 다른 뭐랄까, 더 이상한 느낌이 있어. 다 먹어버리고 싶다는 생각 같은 거. 흐흐.

- 아이 씨. 고만 들을래.

- 조금 더 들어봐. 근데 아는 사람들이 계단으로 내려오는 거야. 술집이 지하였거든. 아는 사람들을 마주치는 게 창피하다는 생각이 순간 들었어. 야하게 생긴 여자랑 그러고 있는 게 아는 사람들한테…… 창피하더라고.

- 그래서?

- 그래서 그 여자를 입에다 넣은 거 있지. 이렇게. 키스를 하다가 후루룩 여자를 입으로 마시는 기분이었어. 양볼이 두꺼비처럼 불룩해진 거야.

- 우와. 진짜. 큭큭. 신기하다.

- 응. 신기하지. 친구들이 뭐라고 하는데, 자꾸 묻는데, 말을 할 수 있어야 하지. 친구들은 가지도 않고 슬슬 걱정이 되더라고. 여자가 입안에 오래 있으면 질식하지 않을까 해서. 그렇게 얼마 있다가 친구들이 들어간 뒤 입에서 그 여자를 뱉었

더니…… 쪼그만 새인 거 있지. 참새 같은 거. 꿈이어서인지 나는 그 새를 여자라고 생각하는 거야. 근데 축축하고 딱딱해서 아무래도 죽은 거 같은 거야. 순간 미안해서 내가 죽을 거 같더라. 그래서 다시 보는데, 이번에는 새가 아니라 유리 조각인 거야. 내가 죽인 것 같아서 너무 미안하더라. 미칠 것 같았어. 눈물이 나는 거야. 미치게 슬프고. 근데 갑자기 새가 날아가는 소리가 들렸어. 살아서 다시 나는구나 싶어서 다행이라는 생각이 들었지. 그래도 눈물이 멈추지는 않았어. 다행이지만 너무 미안했으니까. 다신 못 볼 거란 생각을 했고.

- 신기하다. 자긴 참 꿈 많이 꿔.

- 잠을 푹 못 자서 그렇지 뭐.

- 그건 코 골아서 그렇고.

# 선물

황학동에서 가끔 라디오 따위를 산다.

주말에 시간이 비면 황학동 벼룩시장을 찾는데, 둘러보다 보면 구형 라디오들이 주로 눈에 들어온다. 다른 나라에 여행을 가면 벼룩시장에 꼭 들르는 편이지만 황학동만큼 특별한 시장은 없다. 예상하지 못했던 보물을 발견할 듯한 기대가 드는 다른 벼룩시장과는 달리, 황학동의 시장은 규모가 압도적인데도 조금만 둘러보면 보물 득템에 대한 기대가 사라진다. 지금은 쓰지도 않는 핸드폰과 배터리들, 면도기와 워크맨들이 주로 쌓여 있고 특색을 알 수 없는 옛날 옷들이 구색 없이 마구 섞여 있다. 그래서인지 황학동에는 관광객들이 거의 없다. 물건을 사고파는 사람들도 대부분 노인들이고, 휴일의 공업사 앞에 제멋대로 좌판이 깔려 엇비슷한 물건들이 거래된다. 그래도 그 긴 시장을 천천히 노닐다 보면, 없는 구색과 쓸모없어 보이는 물건들 사이에서도 작은 즐거움을 발견할 수 있다. 오래된 포르노 잡지를 뒤적거리는 노인의 성욕을 목격하는 일도 재미있고, 같은 잡지를 들춰보며 동요하는 나의 성욕도 재미있다. 오래된 카메라 하나를 긴 흥정 끝에 매우 싼값으로 구입한 후, 과연 이 카메라가 작동할 것인지 일말의 기대를 안고 집으로 돌아가는 흥분도 재미있다. 그 카메라는 다행히 지금도 잘 쓰고 있다.

그중 내가 그 거리에 매력을 느끼는 가장 큰 이유는 그 공간에 넘치는 생기들 때문이다. 오래된 골목과 익숙한 먹거리, LP판이 아닌 카세트테이프에 담긴 음악들처럼, 낡고 세월이 지난 것들이면서도 가장 평범한 얼굴이 지닌 생기들이 거리에 가득하다. 어렸을 때도 황학동과 중앙시장 통을 활보하고 다니긴 했지만, 이 거리에서 생기를 느끼기 시작한 건 얼마 되지 않았다. 어린 시절에는 지루한 곳일 뿐이었다. 죽어 있던 공간이 되살아나 생기가 넘치는 공간이 되기까지, 변한 것은 내 나이뿐이다.

어쨌든 난 이곳에서 가끔 라디오를 산다.

오천 원짜리든, 만 원짜리든, 새롭지는 않지만 멋스러운 그냥 싸구려 라디오를 사서는 선심 쓰듯 친구들에게 선물한다. 주파수를 받아내 변변치 못한 스피커로 증폭시키는 작은 라디오를 친구들과 나누어 가지는 것이야말로, 황학동에서 발견하는 진짜 행복이다.

## 인도네시아 노스탤지어

필터 끝 어디엔가 초콜릿 맛이 느껴지던 인도네시아 담배가 가끔 생각난다. 이름은 잊었지만 그 담배를 한 대 물면, 있지도 않은 고향의 가을을 떠올리게 된다.

친한 인도네시아 친구가 가끔 그 담배를 췄는데, 골방에 앉아 담배를 피우면 방 안이 낙엽 타는 냄새로 가득 채워지곤 했다. 담배를 피우는 사람만이 알아차릴 수 있는, 작게 불씨가 타들어가는 소리도 들린다. 마른 나무가 타는 듯한.

낭만적인 불량식품을 입에 물고 이야기를 이어가다 보면, 입 안에 초콜릿향이 감돌고 모닥불 타는 냄새가 느껴지며 우리는 들녘의 가을을 걷고 또 걷는다.

인도네시아 친구가 고국으로 돌아가면서 이제 더는 그 담배를 맛볼 일도 없게 되었다. 고향 생각이 날 때면 인도네시아에 가야 할 판이다.

## 부끄러운 곳

초등학교 1학년 때부터 매년 한 명씩은 좋아하는 여자아이가
있었던 것 같다.

3학년 때까지 내가 좋아했던 여자아이는 반장이거나 부반장
인 여자아이, 그리고 공부를 잘하는 아이였다. 공통점이 있었
다면 부유한 집 딸들이라는 점, 또 그들이 속한 가정이 화목해
보인다는 것이었다. 화목해 보인다는 것은 어디까지나 나만의
판단이겠지만. 하여튼 나의 가난이 빚은 이상심리에서 비롯된
것이었다. 나처럼 가난하고 해진 옷을 입고 있으면 하찮아 보

였고, 반대로 건실한 집에서 잘 자란 아이들이 보기에도 좋아 보이는 그런 것. 왠지 그들은, 맑고 티 없어 보였다.

건실하고 맑고 티 없어 보이는 아이들은 여자아이든 남자아이든 간에 나에겐 존경과 친밀의 대상이었으므로, 항상 그들에게 잘 보이고 싶었다. 가능한 한 그 친구의 집에 가서 놀길 바랐고, 친구 집에 있는 비디오데크, 부모님이 마련해주는 생일잔치, 친구의 엄마가 깎아서 내어 오는 과일이나, 실은 과일보다 그 과일을 깎아주시는 교양 있는 친구의 어머니 등은 내게 무조건 부러운 대상이었다. 그런 이유로 해마다 학년이 올라가서 좋아했던 여자아이들은 모범생에, 부유한 집안의 딸내미들이었다.

그러다가 초등학교 4학년 때 호감의 기준이 바뀌었다.
지금은 이름도 기억나지 않지만, 그 아이의 매력은 고상한 집 딸내미들만 좋아했던 내 취향을 변화시켰다. 비록 좋은 옷을 입고 있진 않았지만 살결이 하얗고 공부는 그다지 잘하지 못했지만 얼굴이 예뻤다. 그리고 4학년답지 않은 분위기가 있었다. 사실 그 분위기라는 건 그저 그 아이가 말수가 없어 생긴,

그냥 말 없는 아이 특유의 분위기였을 뿐이지만. 하여튼 4학년, 그때부터 내 미의 기준이 부에서 외모로 바뀌었다는 말을 하고 싶다. 그리고 얼마 후 본격적인 짝사랑의 열병이 시작되었다.

남학생과 여학생이 따로 신체검사를 받는 날이었다. 나는 여자아이들이 신체검사를 받는 공간에서 무슨 일이 벌어지는지 궁금했다. 목숨을 걸고, 창문 틈으로 여자아이들의 비밀을 보려고 기를 썼다. 그러다 나는 좋아하던 그 아이의 벗은 상체를 볼 수 있었다. 그 아이의 몸은 얼굴과 손처럼 새하얀 부분도 있었지만, 등과 가슴, 그리고 배에까지 붉은 화상 자국이 진하게 새겨 있었다. 다른 여자아이들 사이에서 부끄러워하고 난처해하는 표정이 역력했다. 나는 창문 밑으로 얼른 숨어버렸는데, 그 순간, 마음에 한 점 뜨거운 것이 생겼다.

수돗가로 내려와 그 아이를 생각하는데, 그 뜨거운 점 하나가 점점 커졌다. 곧이어 눈물이 났다. 그 감정의 세세한 부분은 지금도 설명하기 힘들다. 그저 시작이었다. 누군가를 좋아하는 기분이 아파질 수 있다는 것. 좋아하는 사람의 은밀한 상처를 본 순간, 아득하게만 느껴졌던 천사 같은 존재의 날개가 꺾여 버린 것을 보고 나서 느낀 안도감과 서글픔. 이유 없는 눈물이 볼을 타고 흘렀던 그때, 그 아이는 내가 좋아해도 될 존재가 되었다.

어쩌면 그 후로 언제나 내게 사랑의 방식은 같다. 아름다움을 보고, 부러진 날개를 보았을 때, 그때 비로소 좋아하는 마음이 깊어진다.

## 〈겨울 나그네〉

중학교 2학년인가 3학년 때 〈겨울 나그네〉라는 드라마를 열심히 보았다. 드라마에 대한 기억은 잘 나지 않는다. 세세한 부분까지 기억해내는 건, 수년 전 먹었던 케이크 맛을 생각해내는 것만큼이나 어렵다. 하지만 어느 카페에서 조각 케이크를 먹다가 문득, 어렸을 때 같은 케이크를 먹었을 때의 서글펐던 감정이 갑자기 스쳐 지나는 것처럼, 그렇게 어렴풋한 감정의 기억이 밀려올 때가 있다. 드라마 〈겨울 나그네〉도 내게는 그러한 미묘한 연쇄작용으로 인한 어떤 기억을 불러온다.

나처럼 우유부단하고 소극적인 민우(손창민 역)가 천사 같은 다혜(김희애 역)를 짝사랑하고, 짝사랑 때문에 아파하다가 민우는 드디어 고백을 하고, 결국은 다혜가 받아들이게 되는 기적 같은 이야기. 매회 드라마가 끝나고 나면, 나는 김희애와 드라마 주제곡이었던 〈4월의 노래〉를 이불속으로 데려와 감상에 젖으며 베개에 얼굴을 묻고 좋아했다. 나도 누군가에게 고백을 하고, 내가 그녀를 좋아하는 것처럼 그녀도 나를 좋아하게 될까, 생각해보면…… 누군가 나를 좋아할 수 있을까, 곰곰이 생각해보면…….

그제야 자기 경멸에 빠진 소년은 얼굴까지 이불을 덮어쓰고는 그냥, 우왕, 하고 울어버리고 마는 것이다.

## 청춘의 속도

전철로 회기역을 지나다 옆 선로에 가는 낯선 기차를 보았다. 열차 앞머리에 쓰여 있던 글자를 흘깃 보고는, '충칭열차'라고 읽었다. 회기역에서 중국으로 떠나는 열차라니, 대륙을 꿈꾸는 열차인가.

다시 보니 '청춘'이란 이름의 열차였다. 생소한 2층 칸에 높은 외형은 언젠가 네덜란드에서 보았던 통근 열차와 닮아 있었다. 추억이 살아 숨 쉬던 경춘선이 사라지고, 청량리와 춘천을 오가는 새로운 모델의 열차가 두 지명의 첫 자를 따 '청춘'이란 이름을 달았다. 청춘열차는 내가 탄 전철과 비슷한 속도로 달리다가 어느 순간 철로 사이가 멀어지며 시야에서 사라졌다.

사라지는 사이 생각해보니, 청춘이란 단어는 청춘을 지나고 있는 이들의 것이 아니라는 그런 생각.

# 1호선에서

지하철 1호선을 타고 가노라면 쉴 새 없이 어떤 일들이 벌어진다.

청량리를 지날 때면 가끔 오랜 정차에 여기저기서 짜증 어린 소리들이 나오고 푹, 한숨을 내쉬어도 전철은 움직이지 않는다. 제기동에선 나이 든 사람들이 잔뜩 오르내린다. 신설동을 지날 때면 검정봉지를 든 할매가 사람들을 두리번거리며 걷다가 만만한 이의 손목을 꽉 잡고는, 무섭고도 불쌍한, 요상한 표정으로 껌을 판다. 의족을 한 휠체어 아저씨의 동냥이 지나가면, 나이 든 소년이 같은 말을 계속 반복하며 아가씨들 앞에서 빙글빙글 제자리 돌기를 하다가 다음 칸으로 간다. 사람들은 힐긋, 눈길을 주다가 다시 각자 할 일을 한다. 전화를 받거나 문자를 보내거나 책을 읽거나 눈을 감는다. 퇴근 시간 직전, 사람들이 북적거리기 전 1호선에서 통상 벌어지는 이런 무언가의 일들. 그날도 나는 매일 벌어질 법한 이런 일들 중 하나를 보았다.

네 개의 정거장을 지나는 동안 벌써 두 번의 동냥이 지나갔다. 검정봉지의 할매와 의족 아저씨의 동냥이다. 그리고 세 번째 동냥 소리가 들린다. 찬송가가 흘러나오는 카세트를 들고 맹인 부부가 1호선 8호차에 들어왔다. 부부 사이인 듯한 시각장애인인 할머니와 할아버지였다. 할아버지는 카세트를 어깨에 메고 한 손엔 돈 바구니, 다른 한 손엔 시각장애인용 지팡이를 들었다. 뒤에서 할머니는 할아버지의 허리춤을 꼬옥 잡고 있다. 적지 않은 사람들 탓에 이리저리 치이면서도, 찬송가 반주에 맞추어 나지막이 노래를 부르며 둘은 조심스레 걸었다. 2인 1조치고는 벌이가 시원찮았다. 이미 두 번의 동냥이 지난 탓이다. 부부가 8호차의 중간쯤에 왔을 때, 또 가끔 벌어질 법한 일

　　　　　　　　4부 흐르다 - 추억과 이야기

들 중 하나를 보았다. 단속경찰이 7호차에서 8호차의 문을 열고 들어온 것이다. 단속경찰은 그들의 본분을 다한다. 할아버지의 어깨를 잡고 설명을 하기 시작한다. 심하게 하지는 않을 듯싶었고, 그저 다음 정거장에서 내리라고 말했다. 부부는 난처한 표정을 지었다.

나도 전철을 갈아타기 위해 그 부부와 같이 내렸다.
궁금해 뒤돌아보니 단속경찰이 따라 내리지는 않은 것 같았다. 환승역으로 가기 위해 계단을 오르다 다시 한 번 뒤를 돌아보았다. 부부는 돌처럼 그대로 서 있었다. 우르르, 내린 사람들은 연어들처럼 떼를 지어 계단을 오르고, 계단과 사람들 사이에서 부부는 좀처럼 움직이지 않았다. 어디로 움직여야 할지, 여기가 어디인지, 잠시 생각을 해보아야 할 테지……. 사람들의 구두 굽 소리가 시끄럽게 울리고, 할아버지는 아직 움직이지 않고 있었다. 할머니는 할아버지의 허리춤을 여전히 꼬옥 잡고 있었다. 톱니가 열심히 도는 시계들 속에서 둘은 잠시 움직임을 잃어버린 기계 같았다. 빠른 속도 속에서 둘은 그저, 고요했다.

## 우주여행

어느, 밤 같은 낮.

흐린 밀도에도 아직 비가 내리지 않았다는 것이 이상하게 느껴지는 초현실적 날씨, 나는 대학로 부근께 버스 안에 갇혀 있었다. 곧 물벼락이 버스를 덮치고, 버스는 세상으로부터 고립되어 어디론가 떠내려간다.

버스 안에서 거의 똑같이 생긴 세 명의 남자를 발견했다. 뿔테안경에 통통하고 도토리 같은 두상을 한 세 남자.

신기할 만큼 똑같이 생겼다.

그 만화 같은 인물들이 서로를 발견할까?

가득한 긴장감.


새삼 우주를 고민해보게 하는 날들이 있다.

# 길 위의 시간

아침 8시에 운전석에 앉았는데 밤 10시가 조금 지난 지금도 운전석에 앉아 있다. 쉴 수 있는 건 트럭에서 물건을 싣고 내릴 때 잠깐, 밥 먹고 화장실 갈 때 잠깐, 오늘은 그런 짬마저 없어 내내 운전석에 앉아 있다. 군대를 제대하고 어물쩍 1년이라는 시간이 지났다. 뭘 하고 있는지도 모른 채 1년이 훅 지나가 버렸다. 어제처럼, 또는 그제처럼 나는 그렇게 오래된 용달차를 몰고 강원도 인제를 지난 어딘가의 국도 변을 돌고 있다.

오늘따라 눈보라가 심하다. 운전하기에 오늘처럼 나쁜 날도 없었던 것 같다. 그래도 굽이굽이 경사가 심한 길을 힘 빠진 트럭이 용케도 올라간다. 몇 시간째 내 눈은 헤드라이트가 비추는 노란 점선들만 열심히 보고 있다. 밤도 무섭고 국도도 무섭고 기상천외한 날씨도 무섭다. 폐차 직전인 이 낡은 트럭이 가장 무섭다. 운행기록계를 슬쩍 보니 30만 킬로가 찍혀 있다. 내가 처음 이 차를 몰던 1년 전에 20만 킬로였으니 1년 동안 많이도 몰았다. 이 차는 항상 아슬아슬하다. 이렇게 가다가는 녹슬고 낡고 오래된 이 차는 언젠가 멈춰버리고 말 것 같다. 내 인생도 멈춰버리고 말 것 같다. 그리고,

멈춰버렸다.


겨우겨우 경사를 기어오르고 나서는 힘이 다한 건지 더는 앞으로 가지 않는다. 밤 11시가 조금 안 된 시각, 눈보라는 더욱 거세게 몰아치고 가득 실은 짐을 덮은 방수용 천은 바람에 펄럭이며 시끄러운 소리를 낸다. 비탈진 도로 위에는 이 트럭뿐, 지나가는 차량이 하나도 보이지 않는다. 근처에 마을이나 카센터도 없겠지. 그래도 카센터를 찾아 나서기로 한다. 운전석에서 나와 도로의 갓길을 걷는다. 센 바람이 옷깃을 치고 들어

온다. 몸을 웅크리고 어둠 속을 지나며, 지금 이 순간이, 내게
없는 시간이기를 바란다.

20대 시절, 작은 화물차를 운전하는 게 업이던 오래전 이야기다.
강원도 국도 변에서의 오늘은 어제가 되었다.
무수한 오늘들이 결국 어제가 된 것처럼.

길 위에 시간들이 놓여 있다.
길을 가면서 자주 뒤돌아보는 것은 의미가 없다.
목적지도 모른 채 달려가는 것도 의미는 없다.
오늘은 어제가 되고 내일은 오늘을 지나 어제가 될 것이다.
오늘은 오늘일 뿐이지만, 수많은 어제가 나의 오늘을 움직인다.
그러니까 오늘을 후회 없이 살아야 한다거나, 그런 말을 하고
싶은 건 아니다.

다만 후회하며 엉망진창으로 살든, 고민하며 살든, 우리는 어
제가 만들어낸 길들을 밟고 오늘이라는 길 위를 걷는다는 걸
생각한다.

4부 흐르다 - 추억과 이야기

리셋

다 떼어버렸으니 새로 시작해야지.
말끔하게 떼어버렸으니 나는 새로 산 다이어리 같다고.

새해 첫 과음.

새벽 첫차를 기다리며
나는 나를 새하얀 종이라고 생각한다.

다 지워버리고……

다 떼어버렸으니까…….

5부

어느
꿈속에서
—10년 후

남자는 먼 여행에서 돌아와 고향을 찾았지만
모든 것이 나이 들고, 사라지고, 변했다.
오직 자신만이 그대로다.

## 검프 같던 사내

엘에이의 베니스 비치를 걷고 있었지만 스모그와 석양이 겹쳐
진 그저 그런 오후였다. 긴 산책의 끝에 퍼시픽 파크가 나왔다.
부둣가 위로 선 조그만 유원지. 유흥거리가 심심한 모양새로
줄지어 있다. 포레스트 검프를 뜻하는 검프 쉬림프 레스토랑
앞, 벤치에 홀로 앉아 석양을 바라보았다.

잠시 후 나보다 머리가 하나 더 있는 덩치 큰 백인 사내가 벤
치 반대편에 앉았다. 그는 슬쩍 내 쪽을 보더니.

- 와우. 머리 어디서 잘랐어?

넉살 좋은 웃음과 함께 대뜸 물었다.

- 아. 코리아.
- 코리아? 한국에서 왔어?
- 응.

한참 말이 없었지만 슬금슬금 나를 향해 곁눈질하는 그를 느꼈다.

- 한국 정말 먼 곳이지?
- 응.
- 와우. 쿨.
- 고마워.

그는 내 옆으로 슬쩍 다가와 간격을 좁혀 앉았다. 그러더니 내 시계에 관심을 가졌다.

- 시계 정말 멋지다.
- 응. 옛날에 모스크바에서 산 거야.
- 진짜? 엄청 오래돼 보이는데?
- 응. 아마도.
- 나도 예전에 모스크바 간 적 있었어. 24년 전에.
- 아. 진짜?
- 응. 잠깐 공항에 들렀었어. 시계 진짜 비싸 보인다.
- 엄청 싼 거야.

사내는 손목에 달린 큼지막한 자기 시계를 보여줬다.

- 내 시계는 디젤. 500달러 주고 산 거야. 네 거가 더 좋아 보
  여?
- 내 건 정말 싸. 그거보다 훨씬(내가 잘못 들은 건가? 500달러가
  되어 보이진 않는다).
- 안 믿기는데?

그도 나를 믿지 못했다. 침묵은 오래가지 않고 그는 나에게 다
시 말을 건넸다. 시선은 바다를 고정한 채.

- 저기서 낚시해봐.

- 나중에.

- 낚시해본 적 있어?

- 응. 어릴 때 한 번, 바닷가에서.

- 어릴 때 언제?

- 한 30년 전?

- 와우…… 쿨 맨…….

- ?


사내는 건너로 시선을 옮기더니 사진 찍는 동양 여자에게 소리쳤다.


- 거기서 사진 찍으면 안 돼요.


여자가 사내를 보고 겸연쩍게 웃자


- 흐흐…… 농담이에요. 흐흐흐흐…….


그 외에도 남자는 지나가는 사람들마다 수시로 말을 건넸다.

하지만 관심은 금세 나에게로 돌아왔다.


- 엘에이는 정말 멋진 곳이야. 나중에 꼭 낚시도 해보고.
- 응. 넌 여기 살아?
- 응. 24년째…….
- 어디서 왔어?
- 아…… 나? 우크라이나.
- 진짜?
- 응. 헤헤헤…….
- 무슨 일 하며 사는데?
- 나…… 응급실에서(이후 블라블라……. 나의 영어 실력으로는 채 알아들을 수 없는 내용들. 처음에는 응급실에서 일하나 싶었는데 아마도 심장 재생을 위한 기계를 만드는 공장에 일하는 것 같았다).
- 아. 정말 좋은 일이네.
- 나도 그렇게 생각해. 고마워. 그렇게 생각해줘서. 하하. 너 이름이 뭐야.
- 종관.
- *&^((*?
- 그냥 '김'으로 불러.

– 아…… 김. <u>ㅎㅎㅎㅎ.</u>

– 넌 이름이 뭐야.

– 스탁(확실치 않음). 원래는 스타니슬랍스키(이것도 확실치 않음). 그냥 '스탁'이 쉬워.

– 김처럼?

– 응. <u>ㅎㅎㅎㅎ.</u>


다시 서로 말 없음.


– 여기 엘에이는 정말정말 멋져. 저 해안을 쭉 따라 올라가면 더 좋은 곳이 나와. 세상에 엘에이보다 좋은 데는 없어.


그러다 그는 다시 지나가는 관광객에게 소리쳤다.


– 어디 가요? 어디서 왔어요? 와, 진짜 멋져요. 헤헤헤헤…….


웃거나, 말을 받아주거나, 얼굴을 찡그리며 사람들이 지났다. 그는 우리 뒤에 있는 식당을 가리켰다. 그 유명한 검프 쉬림프. 내가 그를 약간 포레스트 검프 같다고 생각하던 찰나.

- 여기 식당 정말 맛있어. 우리 같이 저기서 뭐 먹을래?
- 아냐. 괜찮아. 난 조금전에 먹었어.

그는 조금 아쉽다는 얼굴을 하더니 내가 슬슬 일어나야겠다는 식으로 몸을 일으키자 이내 밝게 웃었다.

- 나 사진 좀 찍어줘……. 저기 바다를 배경으로.
- 알았어.
- 여기 이걸 누르면 동영상이 찍혀.
- 동영상으로 찍어달라고?
- 응. ㅎㅎㅎㅎ.

사내가 몸을 일으키자 키가 정말 컸다. 내 머리 위로 머리 두 개가 더 있었다. 그는 흐느적거리며 난간 쪽으로 가더니. 내가 그의 핸드폰 동영상 스위치를 누르자마자 엉성한 자세와 웃음으로 춤을 췄다. 두 팔을 양쪽으로 폈다 오므리며 한껏 기분 좋은 표정으로 춤을 멈추지 않았다. 바닷바람을 얼굴로 맞으며. 파란 바다를 등 뒤에 두고 몸을 덩실거리며 나에게 또는 세상에 들릴 정도로 소리를 쳤다.

– 오 마이 갓. 엘에이는 정말 좋아. 아름답고. 너무 좋은 곳이야. 이런 데는 어디에도 없어. 정말 좋지 않아?

## Nothing's Gonna Stop Us Now

합정역에서 약속 하나를 마치고 급히 강남으로 넘어가야 했
다. 택시를 탔다. 피곤한 미팅을 끝내고 택시에서 머리를 쉬고
싶었지만 뜻대로 되지 않았다. 불편할 정도로 담배 냄새가 꽉
차 있고 운전기사는 말이 많았다. 지금은 택시 뒷자리를 편하
게 생각하지만 그때는 간간히 운전기사 옆자리에 타기도 했
다. 옆자리에 앉은 덕에 불만들을 다 들어줘야 했다.

택시가 강변도로를 오르면서 정체가 시작됐다. 차들은 느리

게 움직였고 난 운전기사가 조용하기를 기다렸다. 잠시 후 운전기사는 나에게 부탁이 있다고 했다. 자신의 스마트폰을 열고 유튜브에서 노래를 하나 찾아줄 수 없겠냐고 물었다. 어찌 된 영문인지 그가 저장해놓은 노래들은 다 사라졌다. 찾는 노래가 있지만 팝송이라 그는 제목을 외우지 못했다. 졸업장이 하나뿐이라 영어 제목은 도저히 외울 수가 없고, 유학 간 딸이 노래를 저장해줘서 항상 듣고 있었는데 노래는 지워졌다고. 딸과는 심하게 다퉈 연락을 하지 못한다.

몇 십 년 전에도 그는 택시 기사였다. 몇 십 년 전 어느 오후 그는 잠시 인근에 택시를 세우고 신촌 그랜드 백화점 위 극장에 홀로 가서 본 영화가 있었다. 얼마 지나지 않아 라디오에 그 영화의 주제가가 흘러나왔다. 노래가 흘러나오던 그 택시에는 운전기사의 어린 딸이 타고 있었다. 그는 그 음악을 들으며 어린 딸과 추억을 쌓았다. '영퀴방'에서처럼 기사님이 준 힌트들로 영화 제목과 노래 제목을 찾아내야 했지만 영화 내용에서 주제가를 찾기란 어렵지 않았다. 나에게도 추억이 많은 영화이자 노래였기 때문이다. 노래는 〈Nothing's gonna stop us now〉. 영화 〈마네킹〉의 주제가다. 난 유튜브에서 그 노래를 찾았다. 그의 스마트폰에 다시 저장해놓았고 운전기사는 미소 만연한 채 노래를 틀었다.

'Looking in your eyes I see a paradise This world that I've found……'. 택시 안에는 둘 모두가 지닌 추억의 노래가 흘러나왔다, 교통정체도 여전했고 담배 냄새도 여전했지만 택시 안이 한결 편안해졌다. 앞자리가 더는 나쁘지 않았다. 한강은 해 질 녘 빛이 비쳤다. 운전기사는 어린 딸을 태우고 도시를 배회하던 이야기를 해줬다. 잠시 멈춘 시간이 노래가 끝나고 다시 흘렀다.

- 한 번 더 들을까요?

내가 말했다. 운전기사는 웃었다. 차는 점점 속도를 냈고 나는 흐르는 시간이 아쉬웠다.

# 옛 동네

몇 년이 지났다. 또는 세월이 지났다고 해도 될 것이다. 이문
동을 떠난 지 그만큼 시간이 흘렀지만 동생이 그 쪽에 사는 이
유로 종종 옛 동네를 들렀다. 십여 년 전부터 소문만 무성하던
재개발이 결국은 시작됐고 동생도 이사를 할 시기가 왔다. 마
지막으로 옛 동네를 찾았을 때는 많은 이들이 그곳을 떠나는
중이었다. 좁은 골목은 여전했지만 집들은 빈집이 되었다. 골목
어귀마다 떠난 이들이 남기고 간 쓰레기들이 가득했다.

청춘을 지낸 곳이지만 쓸쓸한 기억이 많은 동네다. 첫 책의 기

억은 많은 부분 이 공간에서 시작되었다. 자연스레 스쳐가는 많은 기억들. 이미 글로 담은 기억들, 그 외에 문득 떠오르는 기억들, 또 말할 수 없는 기억들이 있다. 자리는 있지만 자리 위에 사라진 수많은 것들에 대한 기억이 있다. 나는 외국어대와 전철 외대역 사이 몇 노점상에 대한 기억이 있다. 아버지가 오랜 시간 노점상을 했던 기억 탓에 길거리 노점에 자주 눈이 가곤 했다.

정문 앞에서 꽤 오랫동안 뻥튀기나 한과를 팔던 노인이 있었다. 돗자리를 넓게 펴고 몇 종류의 튀김 과자를 내다 팔았다. 별 인기는 없었지만 계절이 바뀌는 동안 꾸준히 그 자리에 있었다. 가끔은 할머니가 같이 나왔다. 그러다 할머니가 나오지 않으면 슬며시 걱정이 되었다. 어느 날은 두 분 다 나오지 않았고 그러다 다시 두 분이 나와 과자를 팔았다. 한파가 몰아치는 어느 밤, 둘은 자리를 지키고 있었고 난 안도하며 그들을 스쳐 집으로 갔다. 어느 봄부터인가 그들은 보이지 않았다.

또 기억나는 한 사람은 외대역 부근 장발의 중년 아저씨다. 약간 거슬리는 단발머리와 위생 상태를 하고 있었고 리어카로 노점을 했다. 파는 물품이 자주 바뀌었고 항상 두 물건을 동시에 팔았다. 그리고 그 두 가지는 잘 어울리지 않는다. 꽃과 호떡, 고구마와 카세트테이프, 그런 식이다. 카세트테이프에서 눈치챘겠지만, 그리 인기 있는 물품을 팔지 못해서 항상 걱정되는 사람이었다. 그래도 꾸준히 한자리를 지키고 있었다. 어느 이른 아침, 지하철을 타러 가다가 그 단발머리 아저씨를 만났다. 한 손으로는 긴 머리를 넘기며 빗자루 든 손으로는 검은 재들을 쓸고 있었다. 간밤에 무슨 일이 있었는지, 그의 리어카가 불에 타 잿더미가 되어 있었다.

마지막으로 기억나는 노점은 과일을 팔던 리어카다. 항상 어느 자리에 과일을 파는 리어카가 있다는 것은 알았지만 누가 팔고 무엇을 팔았는지는 잘 기억나지 않는다. 나이 많은 남자였던 것만 기억이 난다. 어느 날부터인가 리어카 주인은 나오지 않았고 푸른색 천막이 덮인 리어카만 오래 있었다. 그리고 며칠 후 그 리어카에 국화 한 송이가 놓였다. 오후에 가보니 국화 여러 송이가 놓여 있었다. 그를 기억하는 몇몇 대학생들이 리어카 위에 국화 한 송이씩을 놓았다. 며칠 후 리어카는 자리에 없었다.

느린 그곳도 결국은 변화를 앞두고 있다. 수많은 삶이 그 자리에서 숨을 쉬다가 떠나고 이제는 그 자리만 남았다. 건물이 사라지고 새로운 건물이 들고, 그렇게 자취 없어진 자리에 또 다른 삶들이 흘러들어올 것이다.

나는 지금 종로에 살고 있다. 그나마 서울 안에서는 변화 속도를 느리게 버텨내는 곳이다. 하지만 이미 스러진 역사들도 많다. 역사가 있던 자리에는 누군가의 터였다는 비석을 세워놓는다. 누군가의 생가가 있던 터, 병원이 있던 터, 어떤 기관이 있던 터……. 수많은 비석들이 기억을 위해 남겨 있지만 그 자취는 사라져 가늠할 수 없다. 내 인생에서 십여 년을 스쳐 지나간 이문동이지만, 많은 기억을 담은 옛 동네는 지명과 지형을 두고 더 많은 것들이 사라져갈 것이다. 내가 유년을 보냈고, 가파른 언덕과 낮은 판잣집들, 공동화장실, 가난한 집들이 있던 창신동과 숭인동의 산동네도 지금은 흔적 없고 대신 수천 가구의 아파트들이 자리 잡았다.

때때로 옛 동네를 찾아갔다. 옛 동네를 걸으며 그 생생한 추억에 지워지는 기억은 없다고 생각했다. 그 대부분의 공간은 사라졌고 누구도 그 기억을 위한 비석을 세워주지는 않았다. 허물어지는 언덕에 올라 사진을 찍고 글로 그 기억을 남겨볼 뿐이다.

## 엔딩 신 노트

여자친구는 짐을 챙겨 집을 나가고, 이미 중년과 노년의 경계에 있는 피곤한 남자(빌 머레이 역)는 텅 빈 집에서 누가 보냈을지 모를 편지를 한 통 받는다. 그에게 아들이 있다는 것과 그 아들이 그를 찾아가고 있는 중이라는 내용. 소식을 전해준 분홍색 편지봉투는 발신인이 누군지 알려주지 않는다. 그는 여태껏 만나왔던 여인들 중, 모르는 자식의 엄마를 찾으러 다닌다.

헤어진 연인을 만나러 다니는 전직 바람둥이 빌 머레이의 여정은 고단하지만, 그와 지난 연인들의 충돌은 끊임없는 재미와 각성을 불러일으킨다. 보통의 로드무비가 미지의 세계로 지평을 넓히며 이야기를 만든다면, 〈브로큰 플라워〉는 자라난 과거와의 만남을 차례로 보여줌으로써 색다른 방식의 로드무비로 표현된다. 몇 개의 과거를 점으로 찍고 그 점을 좇아 선을 그리면 그림이 완성되는 방식이다. 그는 '지나온 과거들이 그 나름대로 흘러간 세계'를 마주하고, 그것은 빌 머레이의 표정만큼이나 피곤한 일이 되어간다. 그는 결국 아들의 엄마가 누구인지 알아내지 못하고 지친 심신을 안고서 거처로 돌아온다.

영화의 엔딩. 집 근처에서 그는 아들로 추정되는 젊은 히치하이커를 만난다. 그에게 햄버거를 사주고 이야기를 나누다 그가 아들이라는 확신이 든다. 여행을 끝낸 아버지는 히치하이커 아들에게 안부를 묻지만, 그 히치하이커는 경계 어린 눈빛을 하고 도망을 친다. 조용한 도로에 혼자 남은 빌 머레이 앞에 극중이 아닌, 그의 실제 아들이 농담처럼 스쳐간다. 휴일 오전처럼 텅 빈 길 위, 빌 머레이의 난감한 표정으로 영화는 끝난다. 그는 여행의 끝에서 아무것도 알지 못한다. 누가 아들인지, 누가 그 아들의 엄마인지, 여행으로 찾고자 했던 어떤 해답도 얻지 못한다. 그가 얻은 하나의 답이 있다면, 잊어야 할 과거가 자라난 세상과의 조우는 혼란만 남긴다는 것.

## 붉은 벽돌집

오가는 동네의 오르막길에 잠시 서면, 담 넘어 정원과 붉은 벽돌로 된 2층집이 보이는 곳이 있다. 예스럽고 좋은 집이었다. 어느 날 지나는 길에 그 집 한쪽 벽이 허물어져 있는 광경을 보았다. 정면으로 집 내부를 감추던 벽들이 사라졌고 단면이 잘린 듯 거실 내부가 보였다.

오랜 세월 자리 잡았을 가구와 집기들이 있었다. 다음 날 그곳을 지났을 때는 허물어진 벽은 그대로지만 집기들이 대거 빠졌다. 거실에 낡은 가구 몇 개와 소파 두어 개가 놓여 있었고 노부부가 소파에 앉아 있었다. 볕이 들이치는 거실은 무대 같았고 두 노부부는 연극배우들 같았다. 감출 데 없는 무대 위 말없이 마주 앉은 노부부를 보다가 사라진 벽이 있던 자리를 보았다. 며칠 후 벽이 있어야 할 자리는 비닐로 덮였고 그 집은 텅 빈 채 겨울을 지났다. 봄이 왔지만 그 집은 아직 비어 있고 사람들은 돌아오지 않았다.

## 반가운 인사

- 잉꼬부부네. 잘 가고 있어요?

- 네?

- 여기 동네 산 지 오래됐어요?

- 아. 네. 안녕하세요. 이사 온 지 얼마 안 됐습니다.

청소하던 노년의 여자가 허리를 곧게 펴고는, 길을 걷는 나와
여자친구에게 대뜸 말을 걸었다. 그러고는 말을 쉬지 않는다.

- 난 저기 슈퍼집 2층에 십 년째 살고 있어요. 아들 장가가고 나서부터는 저기 살고 있는데, 이 동네 산 지는 한 40년 됐네요. 그동안 여기가 많이 변했어. 너무 많이 변해서 아는 사람도 없고 인사할 사람도 없어. 나랑 인사 좀 하고 지내요. 혼자 있는 시간이 많아서 우울증에 걸릴 거 같거든. 여긴 정말 많이 변해버렸어요. 지나가다 내가 보이거든 반갑게 인사해줄 수 있겠어요?"
- 네. 뵐 때마다 인사드릴게요.

이후 슈퍼 앞을 지날 때마다 주위를 둘러보곤 하는데 아쉽게도 다시 그를 만난 적은 없다. 스쳐 지난 그 얼굴을 얼마나 오래 기억할 수 있을까 생각해본다. 어쩌면 이미 몇 번 스쳐 지났는지도 모른다. 인사와 안부를 전하지 못한 채.

## 과거로부터 온 남자

요즘 서촌으로 불리는 효자동에 8년 전부터 거주지를 두었다. 새로운 거주지에서 반복되는 삶을 살게 되었고 천천히 일상도 바뀌어갔다. 여전히 많이 걷지만 걷던 길 또한 많이 바뀌었다. 사람이 많지 않은 길을 걸었고 비교적 조용한 동네의 삶을 살았다. 조용하다고 해봐야 번잡스러운 도시의 귀퉁이일 뿐이지만 인산인해의 풍경은 피하고 산 편이다. 넓은 서울을 활보하고 살다가 서울 안에서 내 공간을 축소했다. 덕분에 가끔 사람 많은 동네를 들를 일이 있다면 예전에 느끼지 못하던 피로감

을 느끼곤 한다.

얼마 전에는 일을 마치고 오랜만에 홍대 거리를 걸었다. 가끔씩 홍대를 들르긴 했지만, 무작정 그리고 천천히 걸어본 것은 정말 오랜만이었다. 아마도 십여 년을 사이에 두고 한때 익숙했던 그 길을 다시 걸었던 듯싶다. 머릿속에서 잊히지 않을 것 같던 지형이 낯설게 느껴졌다. 거리를 메운 사람 수는 그전의 기억과 비슷했으나 그들의 생김새가 달랐다. 사람 사이 자연스럽게 흘러다녔던 예전의 나와 달리, 여행객이 된 기분 또한 느꼈다. 낯선 향수를 뿌린 젊음들이 스쳐 가고 다양한 표정들이 지났다. 낡은 기찻길을 두고 여유로운 공원이 생겼고 새로운 가게들이 생겼다. 그러나 다행스럽게도 기억 속에 남아 있던 몇몇 자리들이 여전히 남아 있음을 알았다. 옛 기억대로 정처 없이 걷자니 낯설고 다양한 얼굴들이 서서히 아는 얼굴로 보였다. 낯선 공간이 다시 너무나도 익숙한 외형을 띠고, 먼 여행을 떠났다 돌아온 것처럼 나에게만 한 시절이 지났음을 깨달았다.

문득 영화 속 주인공이 된 기분이 들었다. 남자는 먼 여행에서 돌아와 고향을 찾았지만 모든 것이 나이 들고, 사라지고, 변했다. 오직 자신만이 그대로다. 점점 낯설어진 고향에서 유령이 된 듯 배회하다 사실은 고향이 변하지 않았음을 알게 된다. 떠났던 날이 어제였던 듯 고향은 그대로였고 오로지 자신만이 백발 성성한 노인이 되었음을 깨닫는다.

잠시 상상 속 그처럼 기쁨과 고통의 기억들이 마치 어제 그 자리에 있던 것 같았는데, 나만 변했다고 느낀다. 십여 년 사이 나는 어느새 청춘을 슬쩍 비켜난 사람이 되었다.

## 하코다테에서 안녕

도쿄와 삿포로를 잇는 호쿠토세이 기차를 타고 하코다테를 지나치던 때가 7년 전이 되었다. 지금은 운행을 멈춘 낡은 열차의 침대칸 창문 너머로 어두운 하코다테의 밤 풍경을 본 기억이 난다. 그 외에는 아무런 기억이 남지 않은 하코다테로 영화를 찍기 위해 떠났다. 언젠가는 겨울의 홋카이도에서 영화를 찍겠다는 기대를 풀 수 있는 기회가 우연히 생겨, 하코다테가 홋카이도 어디쯤에 위치한지도 모르고 그 길로 향했다. 잡지사와의 동행 취재라는 형식으로 작은 영화를 찍기로 한 것이다.

배우도 없고 스태프는 나를 포함해 셋. 동반한 잡지사 에디터 한 명 그리고 간소한 카메라 장비들뿐이었다. 어떤 모습일지 모르는 하코다테지만, 눈 내리는 겨울 풍경이기만을 바랐다. 삿포로에서 렌터카를 타고 밤의 고속도로를 지나 네 시간 남짓 거리에 있는 하코다테를 향해 달렸다. 차갑기만 할 뿐인 마른 땅을 보며 눈에 대한 기대를 접어야 하지 않을까 생각했지만, 우리가 목적지에 도착할 무렵 어두운 하늘에서 눈발이 날리기 시작했다. 그곳에 있던 모든 시간, 잠시도 쉬지 않고 내리던 눈의 시작이었다.

우리는 영화를 찍었다. 사실 영화를 찍었다기보다는 어떤 이야기가 담길지 모르는 긴장감만을 지닌 채 눈 오는 거리를 카메라로 담을 뿐이었다. 뭔가가 발견되길 바라며 우리는 있을지 모르는 우연을 기다렸다. 끝없이 내리는 눈과 하얀 옷을 입은 도시와 그래도 반복되는 도시의 규칙을 담았다. 카메라에 담긴 도시는 슬로 모션의 마법에 빠진 듯 느릿하게 흘러갔다. 모두가 느린 시간을 지니고 사는 듯했다.

우리는 하코다테에서 이별에 관한 이야기를 찍었다. 하코다테를 아름답게 표현하고 가보고 싶게 만드는 것이 이 영화가 가진 하나의 목적이었지만, 나는 이별하기 위해 이 도시를 배회하는 연인들의 이야기를 구상했다. 카메라는 사람 없는 빈 공간만을 비추지만 목소리들만이 마치 그 공간에 존재했던 사람들처럼 배회한다. 지금도 그 공간에 있는 것처럼 때로는 먼 추억을 더듬는 것처럼, 연인들의 목소리가 하코다테를 부유하기를 바랐다. 빈 공간을 담았지만 그 공간에 있었던 사람들을 상상하며 프레임을 만들어갔다.

그곳에 머물던 며칠이 지나고 어느덧 꿈같은 기억이 되었다. 며칠 동안 눈 내리는 거리에만 있었던 탓에, 서울의 집에 누워 눈을 감을 때면 눈앞에 설광이 비쳤다. 마음 안에 하얀 생각이 일어 잠을 못 이루기도 했다. 어느 날 배우를 찾았고 배우들의 멋지고 쓸쓸한 목소리들이 내가 상상한 것보다 더 아름답게 하코다테의 공간들을 채워줬다. 그렇게 작은 영화 하나가 완성되었다. 우리가 만든 영화는 작아서 눈에 띄지 못할 수도 있겠지만, 이 영화를 찍으며 경험했던 하나의 기억은 오래 간직될 듯싶다.

단량 기차와 화물차가 지나는 외지고 조용한 건널목 앞, 별 생각 없이 놓아둔 노란 우산 하나가 조용한 바람에 왈츠를 추듯 천천히 움직이는 장면을 바라보았을 때였다. 우산의 움직임이 카메라에 담겼을 때 연인들의 떠도는 목소리가 잠시 들렸다. 만들어낸 이야기 속 그들이 생명을 가지고 속삭이고 거리를 거닐던 순간이었다. 잃어버린 모자가 바람을 타고 내 머리 위로 내려앉은 듯 기다리던 우연이, 우연이 아닌 양 찾아왔다.

동료들과 함께 내리는 눈을 맞으며 스르르 빙판을 타던 우산을 숨죽여 보던 기억은, 우리가 만든 영화 마지막 장면에 담겨 있다.

6부

시나리오

## 하코다테에서 안녕

#1

유진  겨울을 보러 가자.

현오  응?

유진  겨울. 이별 여행 어때?

현오  (투정 섞인 목소리로)

음…… 다 좋은데……

왜 꼭 이별 여행이어야 해?

유진    헤어지는 게 좋으니까……

우리는 서로 다른 세계에 있어 이미. 이별해야 서로 행복해.

현오    그럼 지금은 안 행복해?

유진    응. 안 행복해질 거야.

현오    이별하면 서로 행복해져?

유진    응.

현오    (잠시 침묵 후)

그럼 가자. 이별 여행.




#2


홋카이도 도시의 거리 풍경들.

사람 없는 관광지.

겨울의 거리거리들.

공간마다 마치 그 사람들이 있는 것처럼 여러 목소리가 들린다.


현오    여긴 꼭 와봤던 것 같다.

유진   와본 거 아냐?

현오   그럴 리가. 근데 저 할머니 내가 아는 사람이랑 닮았어.

유진   누구?

현오   너.

유진   죽을래?

현오   어차피 너도 늙어.

유진   어차피 그러니 너도 지금 죽자.

현오   우리가 이미 늙었다면,

      헤어지자는 말 따윈 안 하겠지?

유진   그럴 수도.

      나도 빨리 늙고 싶다.


#3


어느 오래된 버스 정류장. 처마 밑 오래된 벤치.


현오   거기 앉아봐.

유진   여기?

현오　　응.

유진　　근데 왜 여기야?

현오　　좋잖아.

유진　　그럼 예쁘게 찍어봐.

현오　　너 하는 거 봐서.

유진　　내가 어쩌면 되는데?

현오　　그냥 예쁘게 있어.

유진　　응…… 예뻐?

현오　　아니.

유진　　<u>ㅎㅎㅎ</u>.


#4


하코다테의 어느 찻집.
호로록거리며 차를 마시는 소리.


유진　　따뜻하고 좋아.

현오　　응.

유진　정성을 마시는 기분이다.

　　　이렇게 좋은 잔에 곱게 내려주니,

　　　몸이 부드러워지는 기분이야.

현오　마음도 부드러워지겠네.

유진　내 마음이야 이미 어마어마하게 부드럽지. 흐흐.

현오　좋단다…… 내 맘엔 돌덩이가 앉았어.

유진　이거 마셔. 돌덩이도 녹겠다.

　　　저길 봐봐.

현오　어디?

유진　저기.

#5

다른 풍경. 눈 내린 하코다테의 겨울 거리.

현오　여기 너무 예쁘다.

　　　응. 근데 우리가 왜 다른 세계에 있어?

유진　몰라서 물어?

현오　응.

유진　넌 아침에 있고 난 밤에 있고, 넌 여름에 있고 난 겨울에
　　　있고, 넌 우주에 있고 난 모래알 틈에 있어. 난 바람에
　　　있고 넌 오래된 집 안에 있지.

현오　(체념한 목소리) 그래.

유진　너도 계속 아픈 거 싫잖아.

현오　응. 그래도 우린 여기 있잖아.
　　　나도 여기가 예뻐. 너처럼.

유진　그러니까 오래 기억해.
　　　하코다테……
　　　우리가 같이 있던 세계. 여기 거리. 그 길들…….


끝.

　　　　　　　　　　　　　　　　　　　　　　시나리오

# 밤을 걷다

## 1. 밤거리들

어두운 밤. 도시 한 켠, 고궁의 담을 끼고 있는 조용한 밤 골목.
불 꺼진 상점들. 인적 없는 좁은 길들.
조용하고 아무도 없는 길에 가로수들이 길게 늘어서 있다.


지은    언니는 엄청 힘들어했어. 더는 이렇게 살 수 없다고……,
       언제부턴가는 그냥 죽고 싶다고 했어. 그런데 언니는 끝까지 죽고 싶어 하지 않았어.

살고 싶은 본능 때문에 그렇게 오랫동안 병원 생활을
버텨왔나 봐.

…….

하지만 언니는 싸늘하게 죽어갔어.

…….

옆에서 언니가 죽는 걸 천천히 지켜봤어.

언니는 죽는 순간에 입을 벌렸어. 안간힘으로 마지막 숨
을 쉬고 싶어서.


지은, K 앞에서 입을 벌린다. 조용히 숨을 들이켠다.


지은    이렇게…… 그렇게 입을 벌리고 죽었어.


K, 웃으며 장난스레 지은의 입에 손가락을 넣는다. 입을 왁 다
물려는 지은과 손가락을 급하게 빼는 K.

지은, 깔깔거리며 웃더니 K에게서 등을 돌리고 걷는다.


지은    그래서 나는 절대 죽을 때 입을 벌리지 않겠다고 생각

했어.

죽을 땐 죽음을 받아들이는 것으로 삶에 저항하겠다고,

그렇게…… 생각했던 거지.


어두운 밤거리를 걸어가는 둘의 뒷모습.


## 2. 밤거리

걷고 있는 둘.

K      뭘 그렇게 우울한 이야기를 해?

지은    응?

K      죽는다느니 그런 거?

지은    그거야…… 내가 죽었으니까.

       (물끄러미 K를 바라보며) 잊었어?


K, 멈춰 서서 지은을 본다. 잠시 지은을 바라보더니…….

K    (멍한 표정으로)

생각난다.

…….

(지은을 바라보며)

아. 죽었어, 너? 죽었……


K, 얼굴이 순식간에 일그러진다. 잠시 쇼크를 받은 듯 가장 어두운 곳을 찾아 등을 돌리고 우는 K.

지은, K의 등 뒤로 다가가 어쩔 줄을 모르며.

지은, 같이 울 듯 뒤에 서서…… 하지만 K의 등을 쓰다듬는다.


지은    (자신도 눈물을 닦으며)

야?

왜 그렇게 울고 그래. 속상하게……

장례식장에서는 눈물 한 방울 안 흘리더만…….


K, 숨을 겨우 고른다.


지은    (다시 표정이 바뀌며)

너 눈물 한 방울 없길래 절교하려고 그랬어.

죽은 다음에 절교하는 게 뭔지는 모르겠지만.

K          (눈물을 닦는다)

울고 싶지 않았으니까…….

지금도 내가 왜 울었는지 모르겠다.

(약간 화가 나는 말투)

제멋대로 죽어버린 게 너고

남은 게 난데…….

내가 왜 울어야 해.

지은      왜 화를 내려고 그래.

이 좋은 밤에…….

응?

(슬며시 미소 지으며)

여기 기억 안 나?

K.         아. 여기 걷던 데네?

지은      이제 기억해?

K          (웃으며)

기억난다. 여기서 네가 끼 부렸는데.

지은      내가?

K        (웃으며) 응…… 장난 아니었는데.

지은    좋아서 그런 걸 끼 부렸다고 그러냐?

K        너한테서 좋은 냄새가 났어. 그 밤에.

         지금도. ㅎㅎㅎ…….


지은, 웃는다.


K        신기하다. 꿈속에서도 냄새가 맡아지네.


가로등이 갑자기 어두워지며 둘 실루엣으로 남는다.

주위를 두리번거리는 K.


지은    응……. 이제야 네 꿈속인 걸 알겠어?

K        …….

         그럼 넌 진짜가 아닌가?

지은    진짜야.

         살아 있는 게 아니니까 진짜는 아닌가?

         …….

         점점 미끄러지는 느낌으로 사라지고 있어서 좀 슬퍼.

내가 어디에 있는지는 모르겠지만,

전부 다 사라지기 전에 너를 찾아오고 싶었어.


다시 밝아지는 가로등.


K      …….

지은   이렇게 꿈을 이용해보는 거지.

K      죽은 사람이 꿈에 나타난다는 게 이런 건가?

지은   모르지.

       나도 죽은 지 얼마 안 되서 아는 게 별로 없어.

       아무튼… 꿈에서 깨어나면 너는 거의 아무것도 기억을

       못한다고 하더라.

K      그러면 이게 다 무슨 상관이야.

       내가 기억을 못하는데.

       너는 죽었고.

지은   기억을 한다는 게 대수인가 뭐…….

       우리가 이렇게 다시 한 번 같이 있을 수 있다는 게 중요

       한 거지?


시나리오

다시 가로등이 어두워지고

지은, 조용히 K를 바라보다 가볍게 입맞춤을 한다.

어두운 가로수 그림자 속에 그들.

K, 조용히 눈을 뜬다. 지은을 바라보고.


K      다시 슬퍼지려고 해.

지은    울지 마. 꿈에서 깬다.

K      응.

지은    말 잘 들어. 착해.

       그래서 내가 너를 예뻐했지?


## 3. 회상 속 밤거리

돌담이 있고 돌담 너머에 고궁이 있다. 그리고 돌담 아래로 길게 난 골목 사이 가맥집 분위기의 선술집이 있다. 가게 주변으로 만국기들이 펄럭인다. 흔한 외형의 야외 테이블이 돌담 아래 놓여 있고 과거의 지은과 과거의 K가 마주 보며 앉아 있다. 돌담 위 흔들리는 연등들 약간.

썰렁하니 맥주나 간단한 주전부리만 있어 보이는 가게 분위기이지만, 그 분위기에 맞지 않게 테이블 위에 화이트 와인 두 잔에 치즈 몇 조각이 놓여 있다.

지은, 모를 듯한 표정으로 와인을 홀짝이며 K를 바라본다.

지은(목소리)　여기 정말 좋았어.

　　　　　　아직도 있을까?

K(목소리)　　그러게.

지은(목소리)　우리 뭐 먹었는지 기억나?

K(목소리)　　응. 한 잔에 3900원짜리 와인을 팔고 있었지.

가게 옆 보드판에 쓴 하우스 와인 3900원.

지은(목소리)　그런 걸 기억해?

K(목소리)　　그럼…… 다 기억해.

　　　　　　돌담 위에 붙은 이상한 액자 하며……

　　　　　　옆에 술 취해 자고 있던 아저씨도 있었고…….

가게 옆 슈퍼, 평상에 앉아 잠이 든 중년 남자.


K(목소리)　　우리 건너에도 테이블이 하나 있었어.


야외 테이블 아래 술을 마시고 있는 남녀 둘.


K(목소리)　　가게에서는 분위기에 안 맞게 좋은 음악도 흘러나
　　　　　　오고.
지은(목소리)　이상한 음악이었던 거 같은데…….


둘, 거리에서 나타나 가게 앞 야외 테이블에 앉는다. 회상 속
거리에 들어온 듯.
둘이 과거에 앉아 있던 자리는 비어 있고 둘은 다시 자리에 앉
는다. 스피커로 옛날 노래가 흘러나오고 있다.


지은　　(웃으며)
　　　　맞아. 이 노래…….
　　　　맛없던 이 와인 하고.
K　　　맛있었는데.

지은    맛없었어.

지은, 와인 한 잔을 마시며.

지은    캬…… 정말 맛없다.

둘, 자신들이 걸어온 거리를 본다. 어디선가 바람이 불어오
고…… 가로수들이 흔들린다.
주위에 있는 몇 명의 사람들은 정지된 것 마냥, 마치 마네킹처
럼 전혀 움직임이 없다.

지은(목소리)    왜 죽었는지 궁금하지 않아?
K(목소리)      궁금해하면? 어차피 여기서 깨면 기억도 못한다며.
지은    그러면 뭐…….
K       왜 죽었어?
지은    외로웠어.

K, 원망스럽게 지은을 본다. 눈에 눈물이 맺힌다.
둘, 입을 움직이지 않지만 복화술처럼 목소리가 들린다.

지은(목소리)　(K를 보지 않고)

끝이 없이. 끝이 보이지 않게.

K(목소리)　내가 널 외롭게 했어?

지은(목소리)　아니…… 네가 항상 내 옆에 있어줬지.

…….

나를 아는 사람이 있고 나를 모르는 사람이 있어.

나를 아는 사람 중에는 네가 있었고, 너 외의 다른

사람들이 있었어.

(다시 입을 벌려 이야기를 시작한다)

나는 너 외의 사람들에게 외로움을 느꼈어.

나를 아는 수많은, 너를 제외한 수많은 사람들이

나를 대하는 모습들에 외로움을 느꼈어.

네가 항상 옆에 있어줬는데,

부질없이 괴로워했네. 죽을 때까지.


K, 눈을 감고 뭐를 외우듯 입을 중얼거리고 있다.


지은　뭐해?

K, 한쪽 눈을 뜨고는.


K     잊지 않으려고. 꿈에서 깨도.

지은   ?

K     (슬쩍 비치는 눈물)

      평생 내 탓을 할 거야.

      네가 왜 죽었는지…… 평생 내 잘못을 찾겠지.

지은   (K의 뺨을 만지며)

      미안해. 나도 네가 꼭 네 탓이 아니란 걸 기억하게 하고
      싶다.



## 4. 인근 공원의 밤


골목을 내려오다 보면 있는 작은 공원. 멀리 도심이 보인다.
공원 가까이 어둠 속에 나무의 형체들.


지은   내가 어떻게 죽었는지 봤어?

K     아니…… 이야기로 들었지.

둘, 걷다가 선다.

지은    난 바로 죽지 않았어.

       그렇게 높은 데서 떨어졌는데도,

       잠시 의식이 들었어, 어느 순간에.

       막 사람들이 모여들고,

       난 있는 힘을 다해 입을 다물었어,

       피가 차서 코로 숨 쉴 수 없었는데 난 입을 다물었어.

K      …….

지은    근데 내가 어떻게 죽었는지 기억할 수 있어야지.

       혹시 내가 입을 벌리고 죽었는지 다물고 죽었는지 알아?

K      아니… 몰라.

지은    궁금한데….

K      죽어도 궁금한 게 남아?

지은    그런가 봐.

       언니가 어디에 있는지도 모르겠어.

       내가 어디로 가는지도,

       죽어서도 끝없이 사라지고 있다는 느낌이 있어.

       사라지고 있다는 느낌. 그것뿐이야.

알 수 있는 게…… 아무것도…… 없어.


둘, 정지 동작으로 멈춰 있는 사람들 사이를 걷는다.
지은, 조금 앞서 걷다가 K를 돌아본다.


지은  여름이었네?
K    응?
지은  그날…… 여름밤이었네. 풀벌레 소리가 들렸어.


풀벌레 소리가 메워지고.
지은, K 앞에 다가간다.


지은  꿈도 죽음도 정처가 없네.
     가는 데 없이 잊힐 거야.


K, 지은의 머리카락을 만진다.
지은, 발끝을 들어 K를 안고는 뺨과 입술에 입맞춤한다.


지은  (속삭이는 목소리로)

우리는 여기에 있는데……

아무도 기억하지 못해.


공원에 불이 꺼지고 둘도 멈춰 선다.

작동이 멈춘 듯, 불이 꺼진 듯, 움직이지 않는 둘의 어둠 속 실루엣.

그리고 그들이 걸었던 빈 거리들.


지은(목소리)  다 사라지고 밤뿐이네.


느릿느릿 어두운 밤거리를 흐르는 카메라.


지은(목소리)  안녕.


끝.

# 나는 당신과 가까운 곳에 있습니다

**1판 1쇄 인쇄** 2019년 8월 27일
**1판 1쇄 발행** 2019년 9월  4일

**지은이** 김종관
**펴낸이** 김영곤
**펴낸곳** 아르테

**문학미디어사업부문 이사** 신우섭
**문학사업본부 본부장** 원미선
**문학기획팀 팀장** 이승희
**기획** 정유선
**책임편집** 김지영
**문학기획팀** 이지혜 인수
**문학마케팅팀** 정유선 임동렬 조윤선 배한진  **문학영업팀** 김한성 오서영 이광호
**홍보팀장** 이혜연  **제작팀** 이영민 권경민

**출판등록** 2000년 5월 6일 제406-2003-061호
**주소** (우 10881) 경기도 파주시 회동길 201(문발동)
**대표전화** 031-955-2100  **팩스** 031-955-2151

**ISBN**  978-89-509-8300-0 (03810)
아르테는 (주)북이십일의 문학 브랜드입니다.

**(주)북이십일** 경계를 허무는 콘텐츠 리더

아르테 채널에서 도서 정보와 다양한 영상자료, 이벤트를 만나세요!
네이버오디오클립/ 팟캐스트 [클래식클라우드]김태훈의 책보다 여행
페이스북 facewbook.com/21arte                   블로그 arte.kro.kr
인스타그램 instagram.com/21_arte               홈페이지 arte.book21.com